肉小説集

坂木 司

角川文庫
20525

Contents

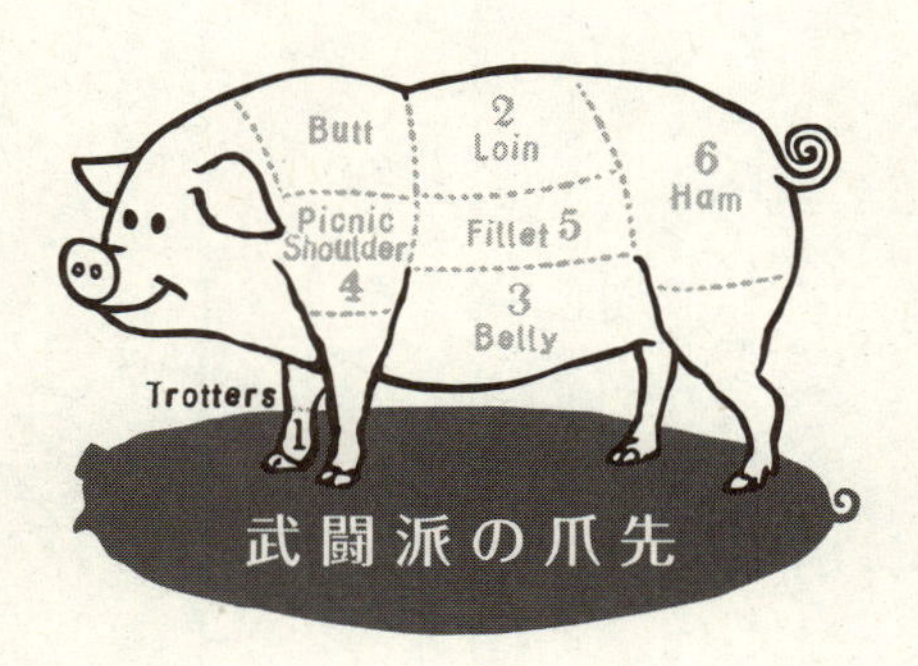
Butt
2
Loin
6
Ham
Picnic
Shoulder
Fillet 5
4
3
Belly
Trotters
1
武闘派の爪先

先輩は、豚足スライスが好物だった。

大きな仕事を終えると、きまって歌舞伎町からちょっと歩いたところにある韓国料理の店に行き、それを注文する。

「うまいな」

ジンロを飲みながら、スライスされた豚足に味噌をつけ、ごりごりと齧っていた先輩。俺はそんな先輩に酒を注ぎながら、曖昧な笑顔を返す。

正直、豚足は苦手だった。ゼラチン質が多いから身体にいいのはわかるが、ハムなんだかなんだかわからない食感が不気味だった。それに冷えているせいで唇がべとついた。そもそも、俺は冷たい肉類が好きではない。ハムだって、できれば焼いて食べたい派だ。

でも先輩は、生のベーコンで酒が飲める。いわんや豚足をや、である。

先輩は、何でも独り占めにしたがる。手柄も豚足も。だから俺は豚足を眺めるだけで済んでいたのに、あるときふっと先輩が皿をこちらに押し出した。

「食えや」

「え？」

「食わしてやるよ。ほら」

その日の先輩は機嫌が良かった。重要な仕事を最短のスピードでこなし、なおかつ俺が足を引っ張らなかったからだ。

「遠慮しなくても、いいんだぞ」

前に箱入りの茶菓子を一つ頬張ったら、ビンタを一発食らったことがある。先輩は、意地汚い。

その先輩が、大好物を差し出している。

「俺の豚足が、食えないのか」

「いえ。そんなわけでは」

おそるおそる箸（はし）をのばして、一枚いただく。ついでに野菜と味噌をたっぷり。先輩は、肉以外の部分には頓着（とんちゃく）しない。

「どうだ。うまいか」

俺は端を噛（か）みながら、真剣そうな表情でうなずく。うまくない。味噌でかなりごまかされてはいるものの、特有のくさみがある。けれどそれを悟られてはならない。

ねちねちと冷たい皮を噛んでいると、やがてねっとりとした質感に変わる。豚が自分の体温と同化して、溶け出したのだ。そう思うと、ぞっとした。

「お前は、半端者だ」

無言でうなずく。先輩は、逆らわれるのが何よりも嫌いだ。

そして俺は、自分にふるわれる暴力が何よりも苦手だった。

「けどな。半端者でも、頑張りゃいつか、それなりのもんになる。今は何も考えるな。ただ俺の言う通りに動け」

感極まったような表情を作って、うなずいてみせる。口の中には、いつまでも呑み込めないままの皮と軟骨がでろりと横たわっていた。

そして今、俺は再び豚足と向き合っている。

ここに先輩はいない。だから豚足を注文するわけはない。じゃあ何故そうなったのかと言うと、ごく普通におでんを注文しただけだ。

「そう言われても、おでんといったら豚足が入るからねえ」

豚足なんか頼んでいないと文句を言うと、カウンターの中のおやじが首を傾げる。

「嫌いだったら残していいからねえ」

人の好(よ)さそうな顔で微笑まれて、俺はもごもごと口ごもる。実は、他人に文句を言うのは苦手だ。クレーム関連は、先輩との仕事ですっかり慣れたと思っていたのだが。よく考えてみると、本当に慣れたのは先輩の発する罵詈雑言(ばりぞうごん)を聞くことだけだったらしい。

こんなとき先輩だったら、どうしただろう。「ふざけんな、おら」と怒っただろうか。それとも、いつものように無言で一箇所を蹴(け)り続けたのだろうか。

「ね。苦手だったらダシガラだと思って残していいからねえ」

これ、代わりに。そう言っておやじは、俺の皿に湯気の立つソーセージを載せる。

「ソーセージ……？」

ソーセージ天、ではない。そのままの、ホットドッグに挟めそうな長さのソーセージだ。なんでこんなものばかりおでんに入れるのか。俺はただ、よく煮えた大根やちくわで、渋く酒を飲みたかっただけなのに。

おかしな店に入ってしまった。どんよりとした気分でうつむくと、嫌でも豚足が目に入る。先輩が食べていたようなスライスされたものではなく、ごろりと原形をとどめたまま横たわるそれは、ビジュアルからして我慢がならない。「ザ・足」というか「ザ・爪先(つまさき)」という感じがする。

そういえば、爪弾(はじ)き者にすらなれなかったな。俺は心の中でつぶやく。

そもそも、三流とはいえ大学を出てしまった時点で、エリートコースからは外れていたのだ。

本来ならば中学か高校でこの世界に入り、先輩たちに仕事を教わりながら出世への階段を上るのが正しい。なのに俺ときたら、親や周囲の人間に説得されて「せめて大学くらい」と思ってしまったのだ。

しかも卒業後は同級生に流されるようにして、一般企業に就職までしてしまった。時代はバブル全盛期。こちらから断らない限り、受けた企業にはほぼ百パーセントの確率で就職できた。だからそうするのが、当たり前だと思っていた。

そしてバブルの季節が過ぎ、はたと気づいたときには三十前だった。仕事が忙しくて、彼女もいない。転勤もなかったので、学生時代と変わらず実家住まい。これといった趣味もなく、なんとなく過ごす日々。

これではいけないと思い、勇気を振り絞ってずっと憧(あこが)れていたこの世界に飛び込んだ。もとの会社で人間関係がうまくいかず、自分の実力が発揮できなかったのも、それに拍車をかけた。

そもそも、自分は武闘派だった。だから会社が性に合わなくても、当然だったのだ。子供の頃からプロレスや格闘技にのめり込み、雑誌やテレビを入念にチェックした。大学生になってからは会場にも足を運び、技の研究にも余念がなかった。ただ、道場通いは親に止められ、ストリートファイトはそういう場面に出合わないままだったのが悔やまれる。

もしそうなっていたら、通信教育の成果をいかんなく発揮できただろうに。

そして格闘技の次にハマったのが、任侠映画だった。社会に出て理不尽な目に遭い、落ち込むたびにそれを観てはげまされた。仁義の渡世に生きる、男の世界。兄貴分をたて、年長者を敬う姿勢も良かった。

「ていうか三十代でパソコン苦手って、あり得なくないですかあ？」

そう言って俺を蔑むような目で見た、年下の女子社員。少しはこの世界を見習うといい。ちょっと可愛いだけで、渡って行ける世の中だと思うなよ。お前のようなブランド好きは、いつか闇金に手を出して水商売に売られるのが関の山の人生なんだ。

「いやあ、次の契約はお約束しかねますねえ」

担当として長いつきあいだったのに、その一言で縁を切った取引先の社長。ビジネスライクとかなんとか言う前に、人としての仁義を守れ。お前のような奴は、いつか自分の会社がヤバくなったとき、誰からも手を貸してもらえないだろう。社長だからって、えばってんじゃねえぞ。

「あのさ、お前武闘派ってウソだろ？」

飲み会の席で、いきなり他人のプライベートに踏み込んだ同期の男。

「ウソなんかじゃないさ」

「なに言ってんだよ、そのぷよぷよの腹でさ。てかお前、ただのプロレスオタクじゃん。なに、『ダー！』とか叫んじゃうわけ？　その小さい声で」

うるさいうるさいうるさい。もうこんな会社なんて嫌だ。俺を認めない奴ら。いつか俺に背後から襲われても驚くなよ。武闘派なんだからな。


再就職は、案外難しかった。やはり年齢がネックになったのか、数カ所で断られた。けれど前職の実績が認められ、理想の職場につくことができた。

最初は、見るものすべてが素晴らしく思えた。先輩たちの立ち居振る舞いから、仕事の現場。言葉づかいひとつにも感激し、それを真似るのに懸命だった。特に先輩は俺の理想そのもので、一緒に行動できるだけでも嬉（うれ）しかった。

しかし俺は、どう頑張ってもこの世界に向いていなかった。いや、向いていないのは最初からわかっていた。それでも、入ってしまえばどうにかなると思っていたのだ。

心は武闘派の、俺なら。

「はなから教えなきゃならねえのかよ」

何度もため息をつかれ、頭をこづかれ、尻を叩かれた。頑張った。慣れない専門用語を使い、現場の最前線を目指した。ものすごく頑張った。が、頭角を現せずにあっという間に裏方へと回された。

そんな扱いをされても、まだ俺はへこたれなかった。表舞台で活躍する日を夢見た。大好きな映画で観たこの世界に、末席ながら身を置いているのだ。

夢を見て、何が悪いというのだろう。

＊

夢を見すぎたせいか、仕事で大きなミスを犯した。一千万の赤字。あり得ない額に、先輩の額に青筋が浮かんだ。

「兄貴分としては、かばってやりてえところだ。だがこれはちょっと、無理かもな」

結局社長の判断を仰ぐことになり、俺は応接室に呼び出された。部屋に入ると、社長の他に別の部署の先輩がずらりと並んでいる。これはもしや。俺の身体は、知らず震えた。

「──まあ、結局はお試し期間も過ぎてるってハナシだ」

長い説教のあと、社長は黒いレザーの椅子に身を預けるようにして言い放つ。

「一千万てめえで払えねえなら、指詰めてもらうしかねえな」

ぴんと張りつめる室内の空気。これぞヤクザだ。任侠映画で何度も観たあの場面。

そしてその中心に自分がいる。そう思うと、わくわくした。

「あ、それって『エンコ詰め』ってやつですね」

思わず嬉しそうな声が出てしまう。するとそれを聞いた社長の顔が、不審そうな表情に変わった。

「お前、なに考えてんだ」

「社長、こいつこの業界に慣れてないんすよ」

さりげなく先輩がフォローしてくれる。しかし社長は眉間(みけん)に皺(しわ)を寄せたまま、横に立っている男に顎(あご)をしゃくった。

「持ってこいや」

白木の板に、大工道具のノミと金づち。映画の小道具と全く一緒だ。それを前に置かれて、たずねられた。

「どっちが利き手だ」

「あ、右です」

言い終わる前に、左手が板に固定される。そしてさらに聞かれた。

「誰にやってもらいたい」

「え」

意味がわからず、首を傾げる俺の横に先輩がすっと割り込んでくる。

「俺の舎弟（しゃてい）なんで」

そう言って、先輩はノミと金づちを手にした。なんという侠気（おとこぎ）。カッコいい。カッコよすぎる。

でも、痛いのは嫌だ。暴力ハンタイ。

「あの。払います。即金で」

俺がそう言った瞬間、先輩の手が止まった。

「なに。お前、一千万手に入るツテでもあんのか」

周りにいた同僚が、緊張した声でたずねる。

「えっと、定額貯金があって」

正直に答えた瞬間、室内の空気がガラガラと音をたてて崩れた。

「あー……そりゃ、よかったな」

道具を投げ出して、先輩が天を仰ぐ。

「そういや、リーマン上がりだって言ってたっけ」

同僚が、つまらなそうに肩をすくめる。

「いや、あの……」

自分はヤクザの様式美を崩したのだ。そう気づいたときには、遅かった。

ものすごく可哀相なひとを見るような目で、上司が俺を見る。

「――帰りに総務に寄ってけ」

＊

任侠の世界に憧れ、でも武闘派からは断られたので経済ヤクザを選んだ。だからこの失敗は、ごく普通に損失補塡(ほてん)という形で事務処理された。

最初に就職したとき、なんとなく貯めていた金だった。実家暮らしなのであまり金を使う機会もなかったうえ、バブル入社だったので給料がよかった。そこで一千万になったところで、「もしものときに」と定期にしておいた。いつか彼女ができたら、結婚資金にするのもいいかと思っていた。

総務に行った後、俺はもう一度上司に呼び出され、解雇通告とともに私物を入れるための段ボールを渡された。

「とりあえず形だけでいいから、一ヶ月くらいは離れた所に行ってくれ。でないとうちも示しがつかねえ」

俺がうなずくと、上司は面倒くさそうな声で「あとは指詰めて高飛びしたって噂を流しておくから」と告げた。

荷物を整理していると、違う同僚がやってきて声をかけてくれる。

「貯金がすっからかんなら、沈没できる宿を紹介してやんぜ」

気持ちはありがたかったが、定額貯金は二本立てだったのでと話すと、くわえ煙草をぽろりと落とした。

「お前、貯金大尽だったんだな」

違う人種を見るような目だった。

「つか、なんでこんなとこ来たんだよ」

軽く怒りを孕（はら）んだ声で、さっきの同僚がつぶやく。やだやだ、暴力ハンタイ。

「こっちにも、事情があんだよ」

精一杯ドスの利いた声で返事をしながら、俺は会社を後にした。

先輩は、声をかけてもくれなかった。

「こっちのシマの人じゃないね」

豚足を見つめたまま物思いに耽（ふけ）っていた俺は、ふと顔を上げた。カウンターの右隣に座っているのは、若い男。ラフなTシャツ姿なのにお洒落に見えるのは、男がそれなりにハンサムだからだろうか。

苦手なタイプだな。若いくせに自信たっぷりな雰囲気は、男の言葉を借りれば「こっちの」人間だからだろうか。

「あ。わかる」

敬語を使われなかったから、あえてこっちもそう接した。これだから若い奴は。

「わからない方がおかしいよ。だってこの暑いのにスーツ着て」

ははは。軽く笑われて、俺はむっとする。これは、先輩を真似て買ったスーツだ。量販店で半額だったものだが、細身のピンストライプに幅広の赤いネクタイは、かなりそれっぽく見える。

「暑くても、これが俺のスタイルなんだ」

ぐっとグラスをあおると、俺は隣の男をねめつけた。どうだ。決まっただろ。

「スタイル、ね。まあそういうヒト多いよね。この業界」

業界、と言われて俺は気づいた。シマに業界。カタギに見られなかったことで、少しだけ気分が良くなる。ていうか、「シマ」は「島」だと思ってた。

「こっちへは、仕事で？」

「まあね。来てること自体、他言無用だけど」

高飛びの「てい」で時間つぶしをするため、とは口が裂けても言うつもりはなかった。

「へえ。カッコいいね。内偵っぽい」

どうせひと月もいるなら言葉の通じる場所がいい。ついでに寒いのは嫌だし、退屈だからリゾート地を選んだ。沖縄。『安宿が多くて海が綺麗で、長逗留にも向いている』と、ガイドブックには書いてあった。

「内偵か。確かに、そうかもな」

スーツを着てきたのは、初めての街の飲み屋で舐められたくなかったからだ。先輩ゆかりのスーツに、先輩とほぼ同じデザインの細い銀縁メガネ。

でもスーツの中は汗でぐっしょりだし、メガネはダテだ。ついでにこの店を選んだのは、いかにも地元の人間しか入らなそうだったから。

昼間に入った沖縄そばの店は、観光客向けでまずかった。そこで俺はポロシャツとスラックスを脱ぎ捨て、仕事着に着替えたというわけだ。

「内偵ってことは、ばれないようにしなきゃいけないんだね。宿とか、やっぱり偽名なのかな」

男は興味本位で次々に聞いてくる。まるでヤクザ業界に入りたての頃の俺のように。

なので俺は、その期待に応えてやる。

「当たり前だ。素性を隠せる宿なんざ、いくらでもあるだろ」

とはいえいい大人なので、ドミトリー的な安宿はやめておいた。ああいう人間関係は、昔から苦手だ。それから不潔っぽいところや、どこの国の人間がやっているのかわからないような宿もやめた。メインストリートの近く。一階に中国っぽい名前の旅行会社が入っている宿があったが、立地よりも名前がいかがわしくて嫌になった。

結果、中の下くらいの値段のリゾートホテルに泊まっている。もちろん、良い安宿が見つかったらすぐに移るつもりではいるが。

ただ、二本立ての定額貯金にはまだ余裕がある。だからがつがつと安宿を探す必要はないのだ。こういうのが、大人のゆとりというものだろう。

*

「カッコいいなあ。なんかそういう仕事って、裏のカネが動くんだよね？　今は不況だけど、儲（もう）かってそうだな。そのスーツもイタリアものっぽいし」

「はは、まあな」

やはり俺クラスの人間が着ると、そう見えるのだろうか。

「だったらさ、ゴルゴ13みたいに口座の残高がすごいことになってるんでしょ」

「ははは、まあな。軽く二千万はあるな」

「わー、すごいな」

なんだったら、貧乏たらしいそのTシャツを買い替えてやろうか。俺がそう言って
にやりと笑うと、男は「嬉しいなー」と破顔する。なんだ、素直なところもあるじゃ
ないか。

「ところで。さっきから見てるけど、豚足が苦手？」

俺の皿を覗(のぞ)き込んで、男が首を傾げる。

「いや。ただ、珍しいなと思って」

年下の前で食べ物の好き嫌いを告白するのは、年長者の威厳がなくなるから遠慮し
たい。ついでに年下に自分の弱みを見せるのは、もっと遠慮しておきたいところだ。

「ああ。他の県ではおでんに入れないよね」

言いながら、男は自分の皿の豚足をつつく。箸で皮をちぎり、つるりと剝(む)くように
して口に入れた。

「うまい。やっぱここのはよく出来てる」

ちらりと見られて、しょうがなく俺も自分の皿に箸をのばす。

「どう？」

「味はいいけど、ちょっと食べにくいな」

鰹の利いたダシ汁の味と、でろでろかつびらびらとした舌触り。気色悪さに変わりはないが、冷えた豚足とは違って、ねとねとしないのがせめてもの救いだろうか。

「小さい骨がごろごろあるから食べにくいけど、これがちょっと癖になるんだよね。酒のつまみ的には、時間つぶしになるし」

皮を剝いた後に残った本体を見つめて、俺はひそかにため息をつく。肉を食べてて、なんで魚の小骨みたいな面倒を味わわなきゃならないんだ。

「確かに、時間つぶしにはなるな」

分解するように箸でもてあそんでいると、男がにやりと笑う。

「だから、俺の店では出さない」

「店を持ってるのか」

そういう単語を聞くと、男がにわかに経営者めいて見えるから不思議だ。

「小さいバーをね。でも小さいから時間つぶしされると、回転が悪くなって金にならないんだ」

小さい、と聞いて少しほっとする。そうだよな。こんな若造が持てるんだから、屋台に毛の生えたような店だろうな。

「じゃあ、乾きもんくらいしか置いてないんだろう」

柿ピーとか、とからかうようにたずねると、男はじっと俺の目を見つめる。なんだよ、何か悪いこと言ったか。言ってないよな。

「――ウエットなつまみも、多いよ。ただ俺の店では、食べやすいものを食べやすい形でしか出さないんだ」

「あー……たこ焼きとか？」

「ピンチョス風が多いね。あらかじめピックが刺さってて、一口で食べられるような。細かいものをちまちまつままれると回転が悪くなるからね。馬鹿な客はそれを『食べやすくていいね』なんて言うけど」

『ピンチョス』とは一体何なのか。しかし俺が知らないということは、最新の料理なのだろう。

「ああ、ピンチョス風ね。若いのにわかってるね。ピックが刺さったピンチョスなんて、新しいよ」

俺の答に、男は一瞬黙る。ばれたかな。そう思った瞬間、にっこりと笑いかけてくる。

「嬉しいな。ピンチョスを説明しないでわかってくれた人は、久しぶりだよ」

男はカウンターの中に向かって、この人にテビチも一つ。と声をかけた。

「テビチ？」

「ああ。こっちの言葉で豚足のこと。正確には足テビチ」

　味は気に入ってもらえたみたいだから。そう言われて、俺はどんよりとする。余計なことを言わなけりゃよかった。

＊

「はい。テビチお待たせ。食べてもらえて嬉しいねー」

　おやじの満面の笑みが、憎たらしい。

「……俺くらいの歳になると、脂っぽい肉は少しで充分だが」

「あ、わからなかった？　おでんのテビチはよく煮込まれて脂っ気はほとんど抜けてるんだよ」

「た、確かに脂っ気はないな」

　最後の抵抗を軽くいなされて、俺は渋々二個目の皮を剝(は)ぎにかかる。

「しかも関節だから、コラーゲンが多くてむしろ身体にいいんだ」

　関節。そう思いながら無理やりに頬張ると、ころころとした骨がいくつも口の中でぶつかり合う。なんだよ。豚足って蹄(ひづめ)のところだろ。なんでこんな小さい骨が多いんだよ。

　心の中でぶつぶつとつぶやいていて、ふと気づく。これは、指の名残りか。

そう思った瞬間、ちょっと泣きそうになった。

俺、こんなところで何やってるんだろう。

やっぱ指、落とすべきだったのかな。そしたらもうちょっと、マシな感じの場面だったのかな。でも怖かったし、痛いのは嫌だし。だからといって、落とす直前までカッコつけて、本当に落とされたらカッコ悪いし。

ていうか再就職、どうしよう。

彼女もいないし。

どんよりうつむいていると、軽く背中を叩かれた。

「あれ。どうしたの？　なんかつらいことでもあった？」

まあ一杯飲みなよ。男の差し出したグラスを、俺は一気にあおる。何の酒かはわからないが、喉（のど）が灼（や）けるようだった。かはっ、とむせると男は声を上げて笑う。

「上出来、上出来」

「なんだそれ」

「むせて泣いたみたいに見えるでしょ」

これが酒場の思いやりってやつ。そう言われて、かっと頭に血が上った。

「誰が泣いてるんだ、コラ。舐めんなよ、小僧」

すると男はいきなり席から立ち上がる。俺はびくりと身体をすくませ、男を見上げた。

「うるせえな。口一杯にテビチ詰め込んで殴るぞこの野郎」

なんだよなんだよ。俺から仕掛けたんじゃないじゃんか。なんだよこのリターンエースみたいな打ち返しは。

俺はうるみかけた瞳で、男を見上げる。

そういえば、仕事でもリターンエースに弱かった。

「何度もかけてきてうるせえんだよ！」

俺は受話器を耳に当てたまま。席でびくりと身をすくませる。

「え。でも」

「でもじゃねえよ。こっちだって忙しいんだ。払うって言ってんだから、おとなしく待ってろや。サラ金さんよ」

督促の電話をかけると、三件に一件はこんな客が出る。経済ヤクザとは言っても、所詮は素人相手の金貸しだ。しかし昨今の素人は、ヤクザと区別できないほどガラも態度も悪い。これも不況の影響というやつだろうか。

冷静に考えると、いくらサラ金とはいえ借りておいて返さない方が悪い。せめて「すみません」の一言くらい、あってもいいのではないだろうか？

なのに、なぜか客はえらそうな声を出す。

「でも、期日が過ぎてるんですよ」

「期日にないんだからしょうがねえじゃねえか」

「ないなら、なんとかしてもらわないと」

手元の『取り立てマニュアル』を懸命に読み上げていると、不意に客がたずねてきた。

「じゃあお前、ゼロ円の振り込み方教えろよ」

「は?」

「さっきから言ってんだろ。今は金がねえんだよ。それを『なんとかしろ』っていうなら、財布の中身をそのまま振り込むしかねえだろうが」

だからゼロ円の振り込み方を教えろよ、と客は繰り返す。

「そんな」

何を言ってるんだ。困惑する俺に、客は理解不能な問いをさらに突きつけた。

「こっちの誠意を見せたいんだよ。な、その方法を教えてくれよ」

「そんな方法、あるわけないじゃないですか」

俺がそう言ったとたん、客は勝ち誇った声で言い放つ。

「そうか。だったら無理だな。振り込めない」

電話はそのまま挨拶(あいさつ)もなく、乱暴に切られた。

呆然(ぼうぜん)と受話器を握りしめたままの俺を、通りかかった上司がファイルでどつく。

「トーシロ相手に負けてんじゃねえぞ、コラ。一度舐められたら、いくら取り立てても返しやしねえんだからな」

「……スイマセン」

そんなことが、何回あっただろうか。

＊

男は、しばらくの間無言で俺を見下ろしていた。しかしふと何かに気づいたように、身を屈(かが)めて俺の耳元で囁(ささや)く。

「そうだ。いいこと教えてあげようか」

「え？」

「こっちのケンカテクニック。テビチを頬張らせてから殴ると、口に小石が入ってるようなもんだから、なかなかの破壊力になるんだよ」

そうなのか。確かにこれを含んだまま殴られたら、恐ろしいことになるかも。俺が黙ったままうなずくと、男は微笑みながら続けた。

「ちなみに、サトウキビを齧らせると歯が折れて、黒糖を食わせ続けると虫歯になる」

からかわれているのだと気づくのに、少し時間がかかった。

「な、なんだよ。面白いやつだな」

「ありがとう。あんたもなかなか面白いよ」

ゆるんだ空気にほっとしながら、俺はようやく男の目を見返す。もしかするとこいつ、ヤンキー上がりかなんかだろうか。

「さぞかし、店は繁盛してるんだろうな」

とりあえず持ち上げておけば、この場は収まる。そう考えて、俺はぺこぺこしない程度のおべっかを使った。

「まあね。おかげさまで、ほどほど」

「俺にも、経営の才能があればな」

これはなかば、本気で言った。使われる側ではなく、使う側になってみたかったのだ。

「こっちなら、貯金が百万もあれば店は開けるよ」

な、と男はカウンターの中のおやじに声をかける。

「そうですね。この辺みたいな裏通りなら、その半額でもはじめられますね」

「へえ。そうなんだ」

ほんのちょっと、心が動いた。このままこっちで店を開くってのも、アリかな。

「実際のところ、儲かる？」

俺の問いに、男とおやじは苦笑いを浮かべる。

「お客さんの仕事みたいには、儲かりません。でも、食ってはいけます」

「そっか。小金を稼ぐことしかできないんだ」

俺がつぶやくと、男は軽く首を振った。

「稼げるだけで、充分だと思わなきゃ」

「でもそれじゃ極道のスタイルが保てないし」

言いかけた俺の前に、小骨がぺっと吐き出される。

「な、なんだ」

硬い音をたてて転がった小骨は、カウンターに乗せていた俺の手の脇で止まった。それもちょうど、左手のところで。

「スタイルとか美学なんてのは、太った豚が自分の周りを段ボールの衝立で囲ってるようなもんだよ」

男は吐き捨てるように言うと、再び立ち上がった。

「どういう意味だ」

「クソの役にも立ちゃしない」

ここで舐められたら、本当に負けだ。そう思った俺は、勇気を振り絞って同じように立ち上がる。そんな俺に向かって、男はおでんの皿を突きつけた。

「そんなのは、満たされて初めて欲するもんだろ。メシが食えなかったら、メシのことしか考えられないからね」

「ぶ、武士は食わねど高楊枝って言うだろ」

必死で言い返すと、鼻で笑われる。

「ヤクザくずれと武士を一緒にすんなよ」

「な、なんだと」

「ちなみに俺は、その格言が大っ嫌いだ。食わないで生きてられる人間なんていないからな」

ああ、いいな。平気で他人に「大嫌い」とか言えるのって。自分に自信がなきゃ言えないよな。

緊迫した場面にもかかわらず、俺はこの男をカッコいいと思ってしまった。

それでも一度虚勢を張ってしまった以上、引き下がるわけにはいかない。

「や、ヤクザくずれとはなんだ。コラ。俺は内偵で来たヒットマンだぞ」

「ヒットマンが、自分から身分を明かすわけないだろ。聞いたら聞いただけぺらぺら図星を突かれて、頭にかっと血が上る。

「う、うるさい！　うるさい！　この若造が！」

「あーもう、結局それかよ。ホントに頭足りねえな。でもま、この場合、頭が切れても困るもんな」

な、とカウンターの中に同意を求める男。それに笑顔でうなずくおやじ。

「え？」

「あのさ。身元不明のカラダが、一体必要なんだよ」

「え？　え？」

「儲けが少ないんで、たまにアルバイトが必要なんですよー」

おやじの言葉が、うまく頭に入ってこない。

「アンタ、どうせヤクザになりそこねたクチだろ。何をしくじったかは知らねえけど、ちょっと身を隠さなきゃならないみたいだし」

「いや、そんな。え？　え？」

「それってつまり――」

「つまり？」

「ここであんたが消えても、何の問題もないってことだ」

＊

男の言葉を数回、頭の中で繰り返したところでようやく身体が震えだした。まずい。この場面は、任侠映画じゃない。仁義どころか理屈も通じない、ホラー映画みたいな感じだ。

俺は必死で、頭を働かせる。

「じ、実は俺はホテルに本名でチェックインしてるんだ。そんなことしたら、すぐに実家に連絡が行くぞ」

予約の時点で、つい本名を名乗ってしまったのが原因だが、それがよかった。しかし男は、俺の言葉を鼻で笑った。

「ホテルの名前なんて、本名だろうが偽名だろうがなんとでもなる。フロントに金を握らせればいいだけの話だからな。ホテルの人間は、そこであんたが死なない限り、あまり問題にはしないだろう」

ここは法治国家で、俺はヤクザといっても経済ヤクザで、つまりそんな映画みたいな話って。

「そんな。そんなわけ」

「ないかどうかは、後でわかるよ」

男の背後で、おやじがこっくりとうなずく。なんだそれ。なんなんだ、それ。

「財布出しな」

嫌だったが、従うしかなかった。すると男は俺の財布を開いたとたん、声を上げて笑う。

「運転免許証に、銀行のカード。しかも裏に、暗証番号のヒントが書いてあるし。『誕生日』って、免許証とセットにしたらダメだよねえ」

笑いながら、男は札入れから千円札を一枚抜き取って俺に財布を返す。

「とりあえず、テビチ代は払ってもらわなきゃ」

なんだ。やっぱりたちの悪い冗談だったのか。そう思った瞬間、男は表情をくるりと変えて俺を見た。

「あとの二千万は、あんたが消えてからゆっくりと、ね」

腋(わき)の下を、大量の汗が伝う。こわいこわいこわい。暴力ハンタイ。

ふとおやじを見ると、いつの間にか手に包丁が握られている。

出口。出口はどこだ。やばい。男の真後ろだ。

どうやったら出られる。他に出口はないのか。

ていうかこの場合、あっても無理だ。狭い店の中、男かおやじのどちらかに必ず捕まる。

「なあ」

突然、男が持っている皿を俺の鼻先に押しつけた。

「ちょっと手が疲れてきたから、これ、食っちゃってくれないかな」

「え？」

「テビチ。まだ残ってんだろ」

皿の縁を鼻の下にぐりぐりと押しつけられる。痛い。だから暴力ハンタイって言ってるのに！

「食えよ、ほら」

俺は涙目で、豚足を口一杯に頬張る。それを見た男は、微笑みながら背後のドアを示した。

「全速力で逃げな。十数えたら原チャリで追っかけてやるから」

「ふ、ふぐっ」

そんじゃカウント開始、と指を折りかけて男はそれを止める。

「あ、そうそう。ちなみにピンチョスってのは、スペインの居酒屋風のつまみのこと」

「ほわ？」

豚足が邪魔をして、まともな声を出せない。だからといってここで吐き出したりしたら、もっとひどいことになるに決まってる。

「だからさ、もともとピックが刺さってるのが当たり前なんだよ、白ブタオジサン」

覚えといてね。男は俺の反応など気にもとめずに自分の言いたいことだけを喋っていた。そんなところも、外国映画の悪役みたいでちょっとカッコいい。

「じゃ、再開。いーち、にー」

それを聞いた瞬間、俺は脱兎（だっと）のごとくドアへと向かった。背後では、男とおやじの爆笑する声が聞こえている。

からかわれたのかもしれない。でも本当だったら、本当にまずい。

俺は古ぼけた裏路地を、めちゃくちゃに駆け抜ける。さーん、しー。自分の中でカウントが続く。

ごー、ろーく。足が痛い。汗でスーツが張りついてキシキシする。

なーな。口の中の豚足が、喉に詰まって息が苦しい。吐き出そうにも、緊張で乾いた舌にゼラチン質が張りついて取れない。

はーち。革靴の中で足が滑る。通行人でも誰でもいい。とにかく人のいる方へ。でも誰もいない。

きゅーう。どこからかバイクの音が聞こえる。

たすけてたすけて。暴力ハンタイ。

じゅーう。

豚足を口にくわえたままの遁走(とんそう)は、そこで終わりを告げる。

「じゅーう」

ぼ、暴力ハンタイ。

俺は、武闘派なんですけど。

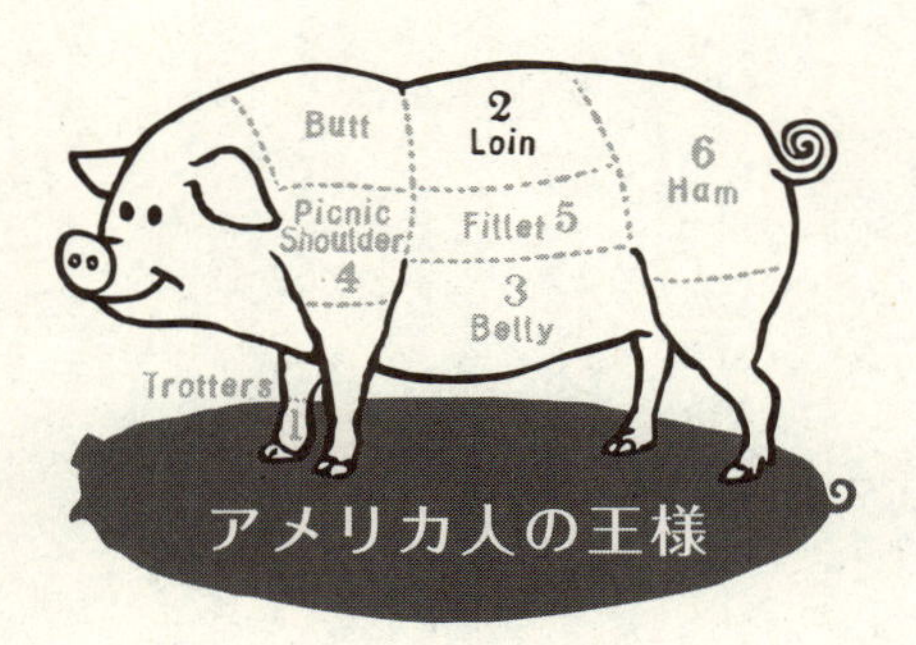
Butt
2
Loin
6
Ham
Picnic
Shoulder
4
Fillet 5
3
Belly
Trotters
1
アメリカ人の王様

じゅん。

肉を油に入れた瞬間の音に、義父（予定）は目を細める。

「いい音だな」

「はあ」

僕は曖昧(あいまい)にうなずいた。

日曜日の昼下がり。トンカツ屋のカウンターで、義父（予定）と僕は並んでトンカツを待っている。手前にはビールの瓶と、香の物。

まず、瓶ビールが嫌だ。そのいかにも「注いでくれるんだろうな」的な存在感。「お義父(とう)さんに瓶を持たせたら殺す」的な圧迫感。なんでこの店にはグラスビールが存在しないのか。

そして香の物が嫌だ。別に漬け物は嫌いじゃなくて、むしろ好きなんだけど、刻みキャベツっていうのが困る。ちょびっとつまんで、こりこり、しーん。この場の持たなさ感といったら、もう絶対ない。

　ていうかそもそも、トンカツ屋が嫌だ。揚げ物ばっかり、しかもメニューが『ヒレ』と『ロース』しかないなんて、逃げ場がないにもほどがある。せめてエビフライやササミフライがあったなら、僕だって少しは楽しめただろうに。

「はいっ、ロースお待ち！」

　明るい声とともに、大きな皿が目の前に置かれた。山盛りキャベツに、櫛切りのレモン。ここまでは僕だって好ましい、と思える。しかし。

　切れ目から勢いよく湯気の上がるロースカツ。これだけは、ちょっと勘弁だった。

「おー、来た来た」

　義父（予定）は目を細めながら、カラシの器を手に取る。そして耳かきみたいなスプーンで、真っ黄色のそれを皿の縁にべっとりとなすり付けた。

……この、耳かきみたいなのも不潔っぽくて苦手だ。

　冤罪なのはわかってる。坊主憎けりゃ袈裟まで憎い、ってのはこういう状態を表すことわざだってことも知ってる。でも、嫌だと思ってしまったら止まらない。

「ほら、ソース」

　この壺みたいなのも嫌だ。分厚い陶器の蓋は開けた後、置き場所に困る。片手で注げる容器にしないのは、不親切というものじゃないだろうか。不親切と言えば、どうしてわざわざソースをこんな柄杓(ひしゃく)みたいなものですくわせるんだろう。垂れやすいし、かけにくいし、いいことなんて一つもない。

「ん？　かけないのか？」

ソースを前に躊躇(ちゅうちょ)していると、義父（予定）は我が意を得たりという風にうなずく。

「そうか。君は今どきの青年だもんな。こういうのは、苦手か」

「え。あ、そんな」

もしかして、わかってくれたのか。心の中に、ひとすじの光が差し込む。

そうそう、そこまで察しの悪い人じゃないよな。だって僕の大好きな美奈子(みなこ)のお父さんなんだし。

よく見れば、前歯に光る金だってチャーミングに見えなくもない。

「ほら」

そう言って、義父（確定寄り）は、僕の方に小さい壺を押しやった。

「……？」

開けてみると、そこには白い結晶が入っている。

「あれだろ？　今はなんでも塩味にして食うのが流行(はや)ってるんだろう？」

ああ。そうきたか。

「塩焼きそばとか、ありますね……」

がっかりした僕は、塩を例の耳かきですくって端っこの一切れにかけてみる。塩はさらさらと耳かきの両脇からこぼれ落ち、やはり道具としての問題点を浮き彫りにする。僕だったら、こんなデザインにOKは出さない。

「塩とレモンで食べれば、なんでもおしゃれってか。俺は天ぷらなんざ、天つゆにつけないと食った気がしないけどな」

知ってます。ついこの間、美奈子も同じことを言ってました。ついでにその天つゆはものすごく濃くて、薄味が好きな僕にとっては殺人的な味でした。

義父（予定）はソースをキャベツにまでだぶだぶとかけながら、ビールのグラスをちらりと見る。中身は、半分以下に減っていた。

もしかすると、この結婚は考え直すべきなのかもしれない。

*

美奈子とは、仕事が縁で知り合った。

デザイン事務所に勤める商業デザイナーの僕と、クライアントである会社の広報を担当する美奈子。こう書くとまるで一昔前のドラマみたいな設定だが、本当なのだからしょうがない。

ただ、二人で世に出した新商品が『ごましおチャチャチャ』という名前の調味料だったところは、現実的と言えなくもない。

美奈子は僕より二つ年上で、東京出身。目に力のある、顔立ちのはっきりした美人だ(と、僕は思っている)。そして僕は地方出身で、ひょろりと背が高く色白。同僚には「草食男子っぽい」と言われる。

たぶんそれは僕が飲み会で、あぶらっこいものを避けて野菜を多く食べているからだろう。

美奈子と初めて話をしたとき「あ、外人みたいだな」と思ったことを覚えている。彼女は部屋に入ってきたときから背筋がぴんと伸びていて、物言いがストレートだったから。

「ごま塩だから白黒のカラーって、短絡的じゃないですか?」

二人きりの会議でいきなりそう突っ込まれたとき、僕はちょっとむっとした。女性なんだから、もっとやわらかい言い回しを使えばいいのに。

「商品の内容をイメージさせることは、重要だと思っています」

一応、デザイナーなので下手に出てみた。

「でも地味すぎて、スーパーの棚で目立たなかったら本末転倒ですよね」

なんだと。僕は思わず、反論する。

「スーパーの棚で目立たなくても、家庭の調味料入れでは目立たないことが必要だと、僕は考えます」

そもそもこういった合わせ調味料は、よほどこだわりがなければ買ってきたときの容器のまま使用される。でもそれが購買意欲をそそるためだけのパッケージだった場合、どれだけキッチンの美観を損なうことか。

「たとえば焼肉のタレ。シズル感たっぷりの肉の写真と、真っ赤なパッケージ。そこに毛筆っぽい書体で商品名がどーんと書かれているような商品を、あなたはどう思われますか?」

「わかりやすくて、手に取りやすい。違う?」

美奈子の言葉に、僕は首を横に振る。

「ダサい、です」

勝手なこだわりだということはわかっている。でも僕は自分のキッチンにこういうパッケージを置きたくはない。デザイナーとしての美意識が許さないのだ。

「開封後、冷蔵庫にしまうような商品ならそれでもいいかもしれない。でもこの商品は、明らかにそうじゃない。なのに美観を損ねるパッケージだった場合、どうなるでしょう」

僕の質問に、彼女は首を傾げる。

「引き出しやストッカーなどにしまわれたまま、忘れられてしまうんです」

「ああ、そういうことですか」

彼女は軽くうなずく。わかってくれたらしい。でもここまで言わないとわからないから、一般人を説得するのは面倒なんだよな。僕がそんなことを考えていると、彼女はふと僕の目を見て言った。

「でも、ダサいことは悪いことじゃないと思います」

今の話、聞いてなかったのかよ。

（悪いよ！　ていうか悪だよ、悪！）

僕は心の中で叫びながら、かろうじて笑顔を保つ。

「……なぜ、そう思われるんです？　劣ったパッケージは訴求力にも欠けると僕は思いますけど」

ほら、反論してみろよ。そんな気持ちでボールを投げつけると、彼女はそれを簡単にキャッチしてみせた。

「なぜって、安心で便利だからです」

「安心？」

「おしゃれでエッジの利いたパッケージは、確かに素敵です。でもそのぶん緊張感もあります。『え？　これがごま塩なの？』みたいな」

「そうですね」

その緊張感が、キッチンを引き締めるんだよ。そう言いたかったが、相手はクライアント。僕はぐっと言葉を呑む。

「でも——」

彼女は一旦言葉を切って、考え込んだ。そら見ろ。どうせ深く考えもせずに話してたんだろう。僕が黙って待っていると、彼女はすっと顎を引いた。

「ここだけの話、私個人としては、ごま塩なんて年に数回しか使いません」

「えっ？」

「それはお赤飯を食べるとき。恥ずかしながら、それ以外であえてごま塩を使おうとは思いません」

うわ。僕は思わず彼女の顔をまじまじと見た。女子だよな。見た目は、思いっきり今どきの女子だよな。

「あの……玄米とか、食べないんですか」

マクロビ系や自然派のカフェ飯では、雑穀ご飯にごま塩はデフォルトでついてくる。だからこそ僕は、おしゃれなパッケージにこだわっているのだが。

しかし彼女は、きっぱりと首を横に振った。

「白米が好きです。それ以外なら、お赤飯やおこわ。もそもそした混ぜ物系は、苦手です」

うわわわ。言うか、君と僕しかいないとはいえ、自社製品の会議で。言葉を失った僕の前で、彼女は駄目押しのように言い放つ。

「それにコメの飯じゃないと、食べた気がしません。雑穀みたいなのは、鳥の餌みたいでちょっと……」

ぶっ。思わず僕は、噴き出してしまった。おっさんか。

「あ、し、失礼」

必死で口元を押さえるものの、こみ上げた笑いは隠せない。まずい。ここでこのま笑ったら、ビジネス的にまずい。でも、面白すぎる。

ちらりと彼女を見ると、少し怒ったような顔で頬を染めている。

「……笑って、いいですよ。先に不適当な発言をしてるのは私なので」

「いやその、すいません。でもなんていうか、その」

その怒った顔が子供みたいで、ちょっと可愛い。なんて言えるはずもなく。

「――正直な方ですね」

という無難な発言で、事態は収束した。

「つまり、何が言いたかったかというと」

ダサくてわかりやすいパッケージなら、しまい込んで忘れてしまっても、容易に発見できる。そういうデザインがいいのだと彼女は訴える。

「『ああ、これこれ』とわかる感じ。それが欲しいんです」

「なるほど。ではわかりやすくしてみましょう」

僕はうなずいて、デザインの修正をすることを約束した。


一週間後。新しいデザインを前に、彼女は腕組みをしている。

「だから、なんでこうなっちゃうんです」

「こうなっちゃう、って」

人が努力したデザインに対して、いきなり何を言ってくれるのか。せっかく好印象を持ちかけてたのに、これじゃ台無しだ。

「ベースは悪くありません。むしろいいと思います。でも、字が小さすぎる。これじゃ年配の方には読めません。それに台所で発見することもできません。こういうものを、私どもは求めていないんです。そう、言いましたよね」

「ああ――」

そうですか。僕は残念そうな表情をしながら、口の端で笑った。結局あんたも、僕のデザインを理解できないんだな。

　しかし彼女は、いきなりとんでもないことを言い放つ。

「正直言わせていただくと、この商品に、あなたの『すごいだろ』的なデザインはいらないんです」

「え？」

　なに言ってんだ、この女。僕がむっとして見返すと、相手は僕のデザイン案をぱたりと閉じた。

「あなたは、この事務所で一番才能のある方だとうかがいました。そういう方をつけていただいたのは、私どもにとっても光栄です。でも――」

「でも？」

　僕は、デスクの下で拳（こぶし）を握りしめる。

「この商品に、自己主張はむしろ邪魔なんです」

　平均的で、誰にでもわかる、ダサくて手に取りやすいパッケージを作って下さい。

　彼女はそう締めくくって、静かに席を立った。

「はは、手厳しいな」

　事務所の所長にこの件を報告すると、いきなり笑われた。

「お前は確かにいいデザインをするけど、どっか『普通』をバカにしたようなところがある。それをバッチリ見抜かれたってわけだ」

「別に、バカにしてるつもりはないんですけど……」

嘘だった。確かに僕は、凡庸を憎んでいる。だってそうだろう。当たり前、どこにでもある、ありふれた、そんなものをわざわざデザインする意味がどこにある。

「ま、これもデザイナーとしての勉強だと思ってきっちりこなせ。意見の合わないクライアントの要求に応える(こた)のも、仕事のうちだ」

「……はい」

まったくもって納得はいかないが、所長がそう言うなら従うしかない。それに僕は、この所長のことが結構好きなのだ。

所長は人の叱り方がうまくて、全体的に趣味がいい。すごく年上なのに、同じポイントで笑えるような気安さもある。

(所長がお父さんだったら、楽しいだろうな)

そんなことを、ふと考えるほどに。

僕は、父親を知らない。

＊

僕がまだ物心つく前、父は病気でこの世を去った。

そこで僕は母と祖父母に育てられたわけだが、当然、父親役は祖父が受け持った。しかし年齢的に無理があることも多く、スポーツやドライブ、アクティブなイベントなどとは無縁で、遊びといえばインドアなものが多かった。

しかし祖父は博識な人で、僕に色々なことを教えてくれた。男としての礼儀。盛り場での粋(いき)な振る舞い方。そして食べ物の味わい方。

「肉より魚がいいね、それも白身が上等だ。あぶらっこいのなんざ、肉でも魚でも下だよ」

加賀(かが)藩のお膝元(ひざもと)。茶の湯が盛んで、雅(みやび)な和の文化が今も息づく都市、金沢(かなざわ)。日本海の幸に恵まれ、街中には日本有数の和菓子店が並ぶ。

そんな街で育った僕は、薄味で上品な料理が好きだ。

なのに。ああ、なのに。

「いやあ、うちは娘ばっかぽこぽこ産まれてね。だから俺は、息子と飲む酒に憧(あこが)れてたんだよ」

「まあ、キャッチボールっていう歳でもないしな」

ロースカツを口一杯に頬張りながら、義父（あくまで予定）はグラスを持ち上げた。

ごくごくと喉を鳴らしてビールを飲み干し、僕の方をちらりと見る。

「あ、っ、つぎます」

慌てて瓶に手を伸ばすも、先に奪われた。

「ほら」

義父（予定）は僕のグラスにビールを注ぎ、満足そうな顔をする。

ああ、飲みかけだったのに。途中からのつぎ足しは、絶対に絶対にしないようにしていたのに。

「いいもんだな。こういうのも」

「……はあ」

よくない。ていうかそのポロシャツがよくない。襟を立ててるのが、もっとよくない。でもってダメ押しに、ブランドっぽいけどよく見ると違うマークが刺繡されてるのが、最高によくない。

僕は祖父の粋な着物姿と、所長の親父っぽくも可愛げのあるアロハシャツを思い出す。ファッションは、無意識でもその人の生活や思想を表してしまう。だから決しておろそかにしてはいけない。そう、祖父は言っていた。

だとするとこのまったくポリシーのない服は――。

「どうした。早く食べないと、冷めるぞ」

なんとなく後回しにしていたカツをびしりと指され、僕は仕方なく小さめのものを選んで口に運ぶ。

ざくっ、じゅわり。うわあ。口の中が脂と脂で大変なことに。

僕だって、揚げ物すべてが嫌いなわけじゃない。からりと揚がった天ぷら（そら豆やコチが好きだ）はおいしいと思うし、薄い衣を着けた串揚げ（銀杏とアスパラがいいね）でビールを飲んだりするのは幸せだと思う。

ただ、ラードで揚げたロースカツ。それも生パン粉で、衣がたっぷり脂を吸ってるようなのは、どうかと言ってるんだ。

（……衣が強すぎて、ソースとカラシつけてもあぶらっこいし！）

しかも塊の脂身がごろんと口の中に残って、なかなか呑み下せない。

「ところで、君のご家族はなんて」

「は……母も祖父母も、できれば金沢で式を挙げてほしいと言っています」

仕事の都合上、住むのは東京。でも結婚式は金沢で。それが僕の家族の希望だった。

「まあ、お年寄り二人をこっちまで来させるのも無理な話だ。そこはこちらが出向こう」

「ありがとうございます」

悪い人ではない。義父（暫定的予定）は、決して悪い人ではないのだ。ただ――。

「それはいいとして、そっちにちゃんとした結婚式場はあるのか？」

「大丈夫です」

「すまん、地方には詳しくなくてな。娘に貧相なドレスを着せるわけにもいかんし」

だから、東京以外を「地方」で切り捨てるなよ。この江戸の田舎者が。心の中で毒づきながら、僕は鞄の中からパンフレットを取り出す。

「心配しないで下さい。ドレスは美奈子さんが満足のいくものを選びましたし、披露宴は庭園つきの洋館を貸し切りにしましたから」

「――なかなか立派な感じだな」

ええまあ。そりゃもう最高級のコースにしたからな。来て驚くなよ。

義父は常々僕のことを、「東京じゃないところから来た田舎者」という目で見ている。さすがにはっきりと口にはしないものの、言葉の端々にそれを感じるのだ。

しかし僕に言わせれば、何でも濃く甘辛い味にしてしまうあんたたちこそ、東北と地続きの田舎者だ。「江戸っ子」なんて粋でもなんでもない。言いたいことをずけずけと言い、がははと笑って背中を叩くことのどこが、洗練されているというのだ。

けど、美奈子に限って言えばそれは美点だった。

なかば喧嘩腰の会議を数回繰り返した後、僕と美奈子は新商品を完成させた。

普通ならそこで「お疲れ様」なはずだが、美奈子はさらに意見してきた。

「ここまで来たら、現場を見届けましょう」

「は？」

「スーパーを回るのよ。あなただって、自分のデザインした商品がどんなところに置かれるのか、どんな人が買っていくのか興味があるでしょう」

言っている意味が、よくわからなかった。だってそういうのはマーケティング部とかの仕事であって、デザイナーの仕事ではないから。

だから、正直に言った。

「興味は、ないです」

「はあっ？」

信じられない、という顔で美奈子が僕の顔を覗き込む。

「な、なんですか」

近い。近いよ。君の鼻が、僕の鼻にくっつきそうなほど近いよ。まあ、別にそれが嫌なわけじゃないけど。

僕が無言で固まっていると、彼女は大きなため息をついた。

「それじゃいくら才能があったって、駄目だわ」

「なんだって？」

これはさすがに、聞き捨てならない。僕は立ち上がり、彼女をぐっと睨(にら)みつけた。

しかし彼女は毛ほども怯(おび)えず、まっすぐに僕を見て言い放つ。

「ねえ。パッケージのデザインって、商品の美点を訴えかけ、消費者に届けるものよね。あるいは、欲望をそそって購買意欲を高めるもの」

「え、ああ、そうだけど」

「それはどちらも、人の心に向けたものよ。人の心を動かし、揺さぶることがあなたの仕事。なのに、人の心に興味がないなんて――」

頭をガツンと、殴られたような気がした。

『人の心を動かし、揺さぶること』。それはすべての芸術に共通する、普遍の真理だった。

（こんなところで、これを聞くなんて）

美大をいい成績で出ても、芸術で生活はできない。だからせめてそれを生かせる仕事を選んだつもりだった。でもずっと、心の奥底には「芸術家になれなかった自分」と、「商業デザインをバカにする芸術家の自分」がいたのだ。

所長はそんな僕の本質を見抜いていて、やんわりと操縦してくれていた。しかし彼女はそれを、引っぱたくような勢いで指摘した。

でも不思議と、腹が立たなかった。

「――君は」

「え？」

「君は、人が好きなんだね」

人と向き合うことにためらいがない。衝突をおそれない。そういうまっすぐさが、まぶしく思えた。

「そうね。たぶん好きなんだと思う」

そう言ったあと、美奈子はにっこりと笑った。

「だから、あなたのことも嫌いじゃないんでしょうね」

きっとこのとき。

僕は、恋に落ちたんだと思う。

その後、二人であちこちのスーパーを回っているうちに僕たちは個人的な会話を交わすようになった。そしてつきあいはじめてから二年。僕は、彼女に結婚を申し込んだ。

夏。花火大会。打ち上がった花火をバックに、僕は告白。彼女は微笑んでうなずいてくれた。花火の音にかき消されて三回も繰り返す羽目になったけど、僕的には最高にロマンチックなシチュエーション。

その、最高な夜の帰り道。僕たちは早くもケンカした。

「何か飲もうか」

プロポーズの直後。下調べしておいたバーに立ち寄り、仲良く並んでカウンター席に腰かける。何になさいますか？　とバーテンダーにたずねられた彼女は、予想に反して僕の語彙にはない単語で返事をした。

「そうね。一番大きなグラスに入っているものを」

「は？」

「花火大会の帰りで、喉が渇いちゃって」

にこりと微笑む彼女に、バーテンダーは接客のプロらしくうなずく。そしてカウンターの下から二種類のグラスを出し、彼女の前に置いた。

「ロングドリンクのトロピカルなものがこちら。そしてソフトドリンクがこちらになります」

すると彼女は、我が意を得たりというようにロングドリンクのグラスを指さした。

「やっぱり、ビールじゃなかったのね」

「はい。当店はフルートグラスでお出ししていますので」

二人のやりとりを呆然と聞いていた僕は、バーテンダーが去ってから彼女に囁いた。

「なんて注文の仕方をするんだよ」

「え？　おかしかった？」

「おかしいよ。常識がなさすぎるよ」

せっかくおしゃれなバーに来ているのに、台無しじゃないか。しかし彼女はひるむことなく、言い返してくる。

「だってあなたが、自販機でジュースなんか買うなって言ったからよ」

「それは……」

このバーのカクテルはおいしいから、喉が渇いていた方がいいと思って。それに実のところ僕は、自販機でものを買う女性の姿が好きになれない。でも、それはさすがに押しつけられないので、言葉を呑み込む。

「と、ともかく。あんな下品な注文を、するもんじゃないって」

これは僕が、よく祖父に言われた台詞だ。何かを選ぶときの判断基準は、上品かそうでないか。

『世界は善と悪みたいに、わかりやすく分けられるものじゃない。しかし上品な方を選べば、ものごとは良い方に向かっていくはずだ』

いわく、借金は下品だからするな。浮気や二股も下品。けれどスマートに隠し通した場合は上品の部類。賭け事はおしなべて下品。

要するに祖父なりのモラルというか人生訓だったわけだが、それはもはや口癖のようなものだった。

たとえば野球とサッカーではどちらが上品か。蜜柑と桃ではどちらが上品か。そんなことを話しあうのは、問答をしているみたいで楽しかった。そしてそんな会話をしていると、大人の仲間入りをしたみたいで嬉しかった。

なのに彼女は、さらりとそれを否定した。

「ものごとを上品か下品で切り捨てるのは、やめてくれない？」

「でも常識として、どうかなと思っただけだよ」

僕の言葉に、彼女は反論する。

「常識って、何？　ここはバーで、自分が飲みたいものを注文する場所でしょ。私はラーメンを注文したわけじゃないわ」

「そうだけど、でもスマートとは言い兼ねるよ。僕は恥ずかしい」

すると彼女は、巾着バッグから小さな箱を取り出してカウンターの上に置いた。

どきりとした。

「私はどちらかというと、下品な人間よ」

「いや、そんな。君自身が下品だって言ってるわけじゃ」

「もしそうじゃなくても、このままだとあなたは一生恥ずかしい思いをしながら生きていくことになるわ。だったら後悔しないうちに、これはなかったことにした方がいいんじゃないかしら」

それは、僕が贈った指輪の箱だった。

箱を返そうとする彼女の手を、僕は必死で押しとどめる。

「後悔なんかしない。どんなに下品でも、美奈子が好きだ」

「なにそれ。失礼ね」

彼女はぷいと横を向く。

「じゃなくてその、どんなに上品な人よりも美奈子が好きだ」

「だから、あんまり変わってないって」

「美奈子が、好きなんだ」

そこでようやく、彼女は笑ってくれた。

「ちょっとめんどくさいけど、そこも含めてあなたが好きよ」

「なんだよ、失礼だな」

確かに彼女は裏表がなくてざっくばらんで、物言いがストレートで、好みがすごくおっさんくさかったりするけど。でも、それもこれも彼女というフィルターを通すと、すべてが輝きだす。

今となってはバーテンダーとの会話も、ニューヨーク辺りのバーでありそうな感じに思えるから不思議だ。

大きなグラスに入ったトロピカルカクテルを飲みながら、彼女はふと思い出したようにつぶやく。

「上品な下品もあれば、下品な上品だってあると思うの」

「上品な、下品……」

「んー、ブランド物でも趣味悪く感じるものとか、慇懃(いんぎん)無礼な態度とか、そういう感じかな」

言いたいことは、なんとなくわかった。じゃあ下品な上品っていうのは何だろう。

僕がたずねると、彼女は少し考え込んだあとこう言って笑った。

「胃もたれしない、ロースカツとか」

＊

嘘だ。

絶対、胃もたれする。

ビールで飲み下したロースカツは、食べてからしばらくたっても、その存在感を僕の中で主張している。

（……これは、下品な下品だろう）

あとで薬を飲もう。こんなこともあろうかと、財布の中に胃腸薬を入れてきたのだ。それも二包み。

なぜなら初めて美奈子の家に行ったとき、胃腸薬は二回ぶん必要だったから。

結婚の挨拶（あいさつ）をするため家を訪問するとき、僕はお約束のようにガチガチに緊張していた。

「お嬢さんを僕に下さい」はいかにも前時代的だし、美奈子はものじゃない。だから僕は「お嬢さんと結婚したいと思っています」と告げた。

すると義父（このときは確定）は、にやりと笑って僕の肩を叩いた。

「君は、趣味がいい」

「はい？」

「聞けば、仕事はデザイナーだというじゃないか。だからいい趣味をしてるんだな」

「え、いや。そんな――」

恐縮する僕に向かって義父（もはや決定の勢い）は、まっすぐに目を見てこう言った。

「美奈子は俺の、自慢の娘だ」

父親って、いいな。その瞬間、僕は心からそう思った。こんな人に育てられたから、美奈子はあんな風にまっすぐに育ったんだな。ちょっと泣きそうな気分で、僕は目の前の義父（お父さんと呼ばせてください！）を見つめた。

僕は、このひとの息子になるんだ。そんな感慨を胸に、深々と頭を下げる。

「よろしくお願いします」

義父（ああ、お父さん）は温かい微笑みを浮かべ、うんうんとうなずく。

でも、思い返すに感動はここまでだった。

「おーい、母さん！　美奈子！　乾杯だ、乾杯。用意はできてるか？」

おお、これぞホームドラマ的展開。ちょっと、いやかなりベタだけど、僕は美奈子のためなら見事な婿を演じてみせる。

「まだ日も高いし、ここはビールだな」

瓶ビールの王冠を、義父（お父さん）は栓抜きでこんこんと叩いた。そしてお母さんが、「とりあえず軽くつまんでて下さいね」と湯気の立つ皿を置いていった。それを見た瞬間、僕は少しばかり嫌な予感に駆られる。

串カツ。

（……軽くない、ような）

こういうときの「とりあえず」って、普通は冷菜だったりしないだろうか。じゃなきゃ寿司（すし）とか。けれど皆はそれにまったく疑問を覚えないようで、義父（お父さん？）は嬉々（きき）として中濃ソースのボトルに手を伸ばす。

（せめて、ウスターとか……）

そしてチューブ入りのカラシをぶちゅーっ。

（え？　え？　え？）

なんていうか、すべてが僕の趣味と真逆だった。

でも、それはほんのりと予測していたことでもある。

たとえば、美奈子の作ってくれたすき焼きはすごく甘辛かった。

「えー？　すき焼きって、甘辛いものでしょう？」

「そうだけど、ちょっと濃すぎないかな」

煮詰まっちゃったのかなー。そう言って鍋（なべ）を覗き込む美奈子に、僕は笑って卵を差し出した。

「こういうときのために、卵ってあるのかもね」

「あ、そうよね」

ふふふ。幸せで甘い時間のように、甘く煮詰まったすき焼き。これはこれでありかな。なんて思ってそのときは食べた。

次に天ぷら。衣がぼってりと厚くて、天つゆが濃い。そしてタネに白身魚は存在せず、巨大なニンジンとタマネギのかき揚げがメインのような顔をしていた。

僕の思い描く天ぷらは、衣が極限まで薄くて、でもからりさくりと揚がったもの。そしてできれば出汁（だし）の利いた薄い色の天つゆと、塩で食べたい。タネは白身魚がメインで、野菜ならアスパラやそら豆、かき揚げなら小柱と三つ葉あたりが理想的だ。でも家庭でそこまでは望まないし、美奈子は天ぷらが得意じゃないと言っていた。だから僕はもったりとしたかき揚げも、衣の厚い海苔天（のりてん）も機嫌良く平らげた。しかしほのかに、引っかかることはあった。でも僕はそれに気づきたくなくて、あえて目を瞑（つぶ）っていたんだ。

串カツの次には、山盛りのフライドポテトが出た。脂質と糖質のコンボに、食べる前から胸焼けがした。これじゃ、学生の飲み会のメニューと同じだ。

ところで疑問なのだが、最近の飲み会でサラダといえばシーザーサラダが出てくるのは何でだろう。それもロメインレタスなんか使わない、ただのレタスサラダ。そこにどろりとしたチーズ風味のドレッシングがかかっているのを見ると、僕はいつもげんなりする。どうして揚げ物メインなのに、こんなものを取り合わせるんだろうか。大根サラダが食べたい。水菜のポン酢和えが食べたい。なめこおろしが食べたい。

でも、目の前にあるのはもそもそとした揚げ物の山だ。

しばらくして、お新香と枝豆が出た。ようやく安心してきゅうりに箸をのばそうとした瞬間、義父（お父さん？）が素早くそこに醤油を回しかけた。

「あ」

フリーズする僕の前で、さらにもうひと回し。僕は箸を引っ込めて、静かに枝豆をつまんだ。

なのに、義父（お父さんっ！）は駄目押しのように、僕の皿に串カツを盛り上げる。

「ほら、遠慮しないでもっと食べなさい。若者は肉を食わなきゃ、肉を」

「あ、ありがとう、ございます……」

食べねばなるまい。この場は死んでも食べねばなるまい。

僕は苦手な中濃ソースと、自分では死んでも買わないチューブ入りカラシをたっぷりとつけて、串カツを頬張った。肉は、いい肉だった。できればあっさりと茹でたり蒸したりして、酢醤油かなにかで食べたかった。

それが、午後三時の話。

なかなか減らない揚げ物の山と醤油まみれのお新香を前にして、それでも僕は都合二時間、にこやかに座っていた。

「あの、そろそろ――」

おいとましようかと思います。そう告げようとしたとき、義父（お父さん……）が再び声を上げた。

「おーい母さん！　そろそろ夕飯にしたらどうだ？」

「!?」

えーと、今の今まで僕らは串カツとフライドポテト（山盛り）を食べていましたよね。それ、いつリセットされたんでしたっけ？

――僕に、リセットボタンはついていないんですけど。

けれど目線で「ごめんね、つきあってやって」と訴える美奈子を見てしまうと、断るわけにはいかなかった。お手洗いに行くふりをしてこっそり胃薬を飲み、ちょっとジャンプしてみたりする。

……あんまり、消化には関係なかった。

そして迎えた夕食の席。メインはなんと、ポークソテーだった。

「いいロース肉をいただいたものだから」

義母がそう言って微笑む。

ちなみに義母の名誉のためにつけ加えておくが、彼女は料理上手な人だ。ただ夫の好みのメニューを、好みの味つけで出しているにすぎない。その証拠に、後の席で義母と義姉（嫁いでいる）に僕はこっそりこう言われた。

「うちって味、濃いでしょ。大丈夫？」

愕然とした。彼女たちは、これを当たり前のことだとは思っていなかったのだ。ということはつまり、この家の中で義父（予定かも）と美奈子の好みだけが似通っているのだ。

大皿にまたもや山盛りにされたポークソテー。ぷりんと反り返った脂身が、蛍光灯の光をてらてらと反射している。

（でも、肉は確かにいい肉だったし）

焼いただけなら、まだいけるかも。そう思って口に運んだ瞬間、僕は打ちのめされた。甘辛い。そして味が濃い。

これは子供の頃、祖母が焼いた餅にからめてくれた砂糖醤油の味だ。

「うーん、この脂身がたまらないな！」

せめて生姜焼きだったら。うなだれる僕の前で、義父（未定かも）と美奈子は勢いよく肉を口に放り込む。

「ここにポテトサラダを加えると、また最高なのよね」

そう言って美奈子は、皿に残った肉汁をポテト（また芋！）にまぶしつけた。

こってり。そしてまたこってり。ここで初めて僕は、美奈子との結婚に不安を覚えた。だって彼女の「最高」に僕はうなずけないし、「最高」をしょっちゅう食べさせられたら、どうなるかわからない。

たとえば夕食を食べたくなくて帰宅が毎日遅くなり、すれ違いが増えて離婚とか。あるいは、料理に文句ばかりつけて離婚とか。

ふと義母を見ると、何もかけないお新香で白いご飯を食べている。

（あの、僕もそっちがいいです）

そう言いたくても、言えなかった。

だってそれは、上品な行為ではなかったから。

*

夕食の後、僕は胃腸薬をもう一包み追加した。けれど肉の質が良かったせいか、翌日はそこまでつらくなかった。

けれど、実家で明らかになった事実に僕は打ちのめされていた。

美奈子の料理は味が濃くて、僕の好みとは合わない。

（食の趣味が合わないと、夫婦としてつらいと聞くけど——）

でも、それで諦めるわけにはいかない。それに味が濃いのは健康にも良くないし、こうなったら僕が美奈子の食生活を変えてゆくしかない。

（……ものすごーく、ケンカするんだろうな）

とはいえ、美奈子は意固地な人間じゃない。ちゃんと話して、ゆっくりとなら変えてゆけるはずだ。たとえば、すき焼きの味をちょっと薄くして、トンカツをササミフライにするようなことで。

でも、それにまったく疑問を抱かず、何十年も生きてきてしまった人には。

（……どうしたら、いいんだろう）

波風を立てず、相手を立てるなら黙っているべきだ。しかしこんな拷問がこの先ずっと（盆暮れ正月だけと考えても）続くと考えると、何か手を打たなくてはという気もする。

僕は思いもよらない障害を前に、一人悩み続けていた。

そもそも、食だけじゃなくて趣味が悪いんだ。

義父（もう、美奈子だけでいいかな）の左手に光る「いかにも」なブランドウォッチを見て、僕はため息をつく。

「さて、そろそろ出ようか」

ロースカツの七割を義父（脂身好き）が平らげたところで、そう告げられた。そこでカウンターの脇にある明細を摑もうとすると、はっしと止められる。

「ここは俺が払う」

「いえ、でもそんな悪いです」

「悪いも何も、俺が誘ったんだから」

そう言いながら、セカンドバッグから財布を出した。

（セカンドバッグ――っっ!!）

もはや何をか言わんや。僕は手持ちぶさたのまま、義父（もう無理）が支払いをするのを待っている。

（ああ。所長が義父だったら……）

きっとこんな揚げ物地獄には来ないでよかった。セカンドバッグだって持つわけがない。そしてそして。

（爪楊枝をくわえたまま、外に出るわけがないんだああ!!）

夕方五時。晩夏の街は、まだ昼間の熱を残している。

「こんな時間でも明るいし、暑いな」

「そうですね」

とりあえず本日の苦行は終わった。そんな思いで歩いていると、義父（早く帰ってほしい）がふと足を止める。

「なあ、アイスでも食べていかないか」

「は？」

そう言って義父（ちょっとちょっと）は、ファンシーなアイスクリームショップのドアをくぐった。

脂ぎとぎととビールのあとに、アイスクリーム。その「腹をこわせ」と言わんばかりのマリアージュ。僕は悩んだ末にレモンシャーベットを注文した。

「ああ、やっぱりそういうのが似合うな」

チョコレートキャラメルを舐めながら、義父（甘っ!!）はゆっくりと歩く。

「そういうのって、どういう意味ですか？」

僕がたずねると、軽く顔をしかめた。どうやら、苦笑しているらしい。

「美奈子がな、君のことを王子様みたいだって言ってたんだ」

「王子様？」

そんなこと、面と向かっては言われたことがなかった。

「俺もな、こうやって一緒にいるとそう思うよ」

脂ぎったおっさんの口から、そんなメルヘンな台詞を聞くとは。僕はちょっとめまいがしそうになる。

「涼しげで、食が細くて、上品で。俺みたいなのと同じ人種とは思えない」

それを聞いて、僕はふと我に返った。「同じ人種とは思えない」。それは、僕が美奈子に対して思っていたことと同じだ。

そうか。美奈子がニューヨーカーのようなら、義父（ここはやっぱりアメリカかな）もまた、違う国の人だと思えばいいのだ。

ポークのスイートなファットが大好物で、ちょっとアナクロなファーザー。そう考えれば、色々なことが乗り越えられそうな気がする。山盛りのフライドポテトも、肉ばっかりの食卓も、ついでに全体的にワイルドなところも、それもこれも彼がアメリカ人だからなのだ。

「なんだかなあ。世代の差もあるんだろうけど、なんでこんなに顔がちっちゃくて足が長いんだろうなあ」

「いや、そんな――」

確かに義父（えーと）はアメリカ人にしては、足が短めで胴の回りが太いけれども。

「まさか、王子様が息子になるとは思ってなかったよ」

アイスクリームを舐めながら、ぽつりとつぶやく。もしかして。もしかして、戸惑っていたのは僕だけじゃないのかもしれない。

「あの。お義父さんが想像する息子って、どんな感じでしたか」

「そうだな。まず、飯をとにかくいっぱい食って、酒もぶっ倒れるまで飲む。でもって一緒になって、ちょっといたずらなんかもできる。そういうのを考えてたな」

……それは息子っていうより、悪友のようなイメージだ。そして正直、飯と酒は無理かもしれない。でも。

「いたずらなら、できると思いますよ」

僕の言葉に、義父（アメリカ人）ははっと顔を上げた。

「そういう方は、嫌いじゃないですから」

「本当か」

「はい。なんでしたら今度、ロシアンルーレット餃子(ギョーザ)でも作りましょうか」

なんで僕は、こんなことを言ってるんだろう。苦手で苦手で、結婚を考え直すべきかとまで思い詰めていたのに。なのに、相手がアメリカ人だと思ったとたん、ここまで気が楽になるなんて。

夕暮れ。ざわめく商店街を二人でほとほとと歩く。

「僕は、父を知りません」

「聞いたよ。お母さんは大変だったろうな」

「はい。なので祖父母にはすごく良くしてもらいました」

「そうか」

駅を目前にして、僕らの歩くペースは急にのろくなった。

「金沢に行ったら、きちんと挨拶させてくれ」

「もちろんです」

「その……なんだ」

「はい」

のろいどころか、止まりそうだ。だってなんだか、今話さないといけない気がしてる。でも、何を?

「俺は、君のことが嫌いじゃない」

なんてことだ。ここでも美奈子と同じ台詞を聞くなんて。しかし義父(お父さん)は、軽く首を振ってからつと僕を見つめた。

「ああ違うな。俺は、君のことが結構気に入ってるんだ」

「え……」

「俺の息子になってくれて、ありがとう。美奈子をよろしく頼む」

ああもう、これだから嫌なんだよ。人が好きでまっすぐで、ずけずけ心の中に踏み込んでくる江戸のアメリカ人は。

僕はしばし考えた後、手に持っていたシャーベットのコーンにむしゃぶりつく。ガリガリゴリゴリバキバキ。数秒ですべてを口の中にしまうと、両手を道路について頭を下げた。

「こちらこそ、どうぞよろしくお願いいたします」

「君——」

道ゆく人が、何ごとかと振り返る。でもそんなのはかまわない。なぜなら僕は王子様だ。誰かに最高の敬意を示したくなったときに、人の目など気にするものか。

だって僕はもう、とっくに知ってたんだ。甘くて濃いすき焼きは、翌日に卵でとじると最高においしいおかずになるし、ぼってりとした衣の天ぷらは、やはり翌日に煮込むと絶品なのを。

ついでにトンカツ屋という専門店で食べるトンカツは、量さえ間違わなければおいしいし、瓶のビールだって本当はリターナブルで好きなんだ。

さらに言うならセカンドバッグをいまどき持つ勇気には感服するし、男二人でアイスクリームショップに入るためらいのなさも好きだ。

そして何より、自分とまったく違うタイプの人間をも受け入れようとする大らかな姿勢。

（もう、降参だ）

ふと顔を上げると、同じ高さに義父（アイスなし）の顔があった。彼もまた、道路に膝をついていたのだ。

「まったく、何をさせるんだ」

「僕は頼んでませんよ」

「頼まれなくても、こうなるだろ。でないと俺が人非人だ」

顔を合わせて、どちらからともなく笑う。

いいシーンだ。ちょっとアナクロだけど、あったかくて微笑ましい。

これぞ男。これぞ父と息子。義父（共に感動）と二人、まるで力一杯殴り合ったあとのようなさわやかな気分だ。ここが草むらだったなら、二人で大の字になって笑い転げているだろう。

そのとき、不意に頭上から声がした。

「ちょっと、こんなところで何やってるの？」

美奈子だった。


「なかなか連絡が来ないから心配して来てみれば、二人してなに？」

半ば呆れた表情の美奈子に、義父（得意げ）は座り込んだままふんと鼻を鳴らす。

「これは男と男の絆の問題だ。お前が立ち入ることじゃない」

おお、ちょっとカッコよく見えるぞ、義父（男前）。

そこで僕も援護射撃を試みる。

「大丈夫。心配しなくても、問題は解決したから」

上品と下品の垣根を越えた、素晴らしい文化交流でね。僕は心の中でこっそりつぶやく。すると美奈子は僕らを見下ろしたまま、冷たい視線を浴びせた。

「ていうか、邪魔なのよ。歩道の真ん中で」

言いながら、犬を追い立てるような手つきで僕たちに立つよううながす。さすがにむっとした僕は、反論した。

「なんだよ。君のためにやったことなのに、この扱いはあんまりじゃないか」

「そうだぞ、美奈子。俺たちはお前を思ってだな」

たてつく僕らを、美奈子はさらに怒りの表情で見つめ、ついには実力行使に出た。美奈子は右手で僕、左手で義父（大丈夫ですか？）の腕を摑んで立たせ、強引にガードレールに押しつける。

「だから、あなたたちが邪魔で皆が困ってるでしょ!?　周りが見えないの!?」

「え？」

慌てて辺りを見回すと、僕らの背後をベビーカーや自転車が通り過ぎてゆくのが見えた。しかもその全員が、半笑い。

「す、すみません！」

「申し訳ない！」

僕らは二人して、頭を下げる。そしてそのまま、そそくさと広い場所へ移動した。

「んもう、恥ずかしいったらないわよ。これだから王様と王子様は」

「王様？」

聞き覚えのない単語に、僕らは二人して首を傾げる。

「お父さんのことよ。いつでもふんぞり返って『オレが法律じゃ』みたいな顔してるでしょ。だから、王様」

「な、なに⁉」

「あら、知らなかったの？　知ってて黙ってるんだと思ってた」

「知らんぞ。そんなのは、ここで初めて聞いた」

義父（大丈夫？）は顔を真っ赤にして怒り出した。けれど美奈子はしれっとした表情で続ける。

「お母さんや私たちは、ずっと前からそう呼んでたのよ。それに気づかないのも、王様らしいっていうか、ねえ？」

「ねえ？」って同意を求められても、立ち位置的にすごく困るんだけど。

「え？　う、うーん」

僕はうなずくようなうなずかないような、微妙な首の振り方をしてみた。しかしそんな僕の態度など無視して、義父（確かに王様っぽい。体型とか）は怒り続ける。

「一家の長に陰でそんなあだ名を付けて、お前たち姉妹はずっと俺のことをバカにしてたのか。しかも、母さんまで巻き込んで」

烈火の如く、というのはこういう感じなんだろうか。正直これが自分に向けられたものだったら、つらい。しかし美奈子は慣れているのか、淡々と対応する。

「違うわよ。言い出しっぺはお母さんだもの」

「えっ」

あ。しぼんだ。

一瞬で、義父（あらら）の身体がしぼんだように見えた。

「母さん、が。俺のことを――」

「そうよ。だから私たちはそれにならっただけ」

がっくり。ものすごくわかりやすく、義父（ああ）は落ち込んだ。これはまさに下克上（げこくじょう）。彼の天下は、操られたものだったのだ。

そして陰の権力者は、あのおとなしそうなお義母（かあ）さん。

（女って、すごいな）

白いご飯でお新香を食べながら、ひっそりと義父を操る。王様には高カロリーで濃い味つけの食事。ていうかこれって、もしかして緩やかに暗殺をもくろんでたりして。

（……女って、こわい）

いやいやでもちょっと待て。それと同じような食生活を、美奈子も送っているじゃないか。ということは、やはり単なるご機嫌取りなのかも。

「でも、王様って似合いますよ。恰幅もいいし、迫力もある」

うなだれる義父（元気出してください）をフォローしようと声をかけると、美奈子が笑って片手を振った。

「確かに似合うけど、そういう意味じゃないの。なんていうのかしら、これは——言うなれば、諦めの呪文ね」

「諦めの呪文？」

「そう。たとえば父が理不尽なことを言っても、『王様だから仕方ない』。服のセンスがおかしくても『王様だから庶民とはセンスが違うのよ』。お漬け物に醤油を二度回ししても、『王様だから贅沢なのね』」

そんな感じ。美奈子の言葉を聞きながら、僕は深く納得していた。そうか、僕の諦めの呪文は「アメリカ人」だったけど、お義母さんの呪文は「王様」だったんだな。

アメリカ人の王様はしばらくうなだれていたものの、何かに気づいたように顔を上げた。

「ちょっと待て。俺はいいとして、もしかしてお前の言う『王子様』は——」

え？　僕ははっとして、美奈子を見る。すると美奈子は、ゆっくりと笑った。

「あ、わかった？」

それでよくわかった。なぜ僕が僕の知らない場所で、「王子様」と呼ばれていたかを。

やはりこの結婚は、考え直すべきかもしれない。

＊

どういう顔で、美奈子を見たらいいのかわからない。意味を聞きたいけれど、聞いたらこの結婚が白紙に戻るかもしれない。

でも、聞かないわけにはいかない。

「教えてくれ。僕が『王子様』な理由を」

「簡単よ。王子様はいつでもお上品で、下賤（げせん）の者を見下してらっしゃるから」

撃沈。これは、しぼむどころの騒ぎじゃない。そんな僕を見て、今度は義父（王様……！）が慌ててフォローしてくれる。

「お、おい美奈子。仮にも未来の夫に、なんて口をきくんだ」

「未来の夫だからこそ、言うのよ」

「そんな、お前」

「あなたは上品が好きで、下品が嫌い。ダサいのはもっと嫌い。でも裏を返せば、言動に筋が通ってるし、たたずまいが素敵だわ」

「──素敵？」

「そう。だからあなたは『王子様』。そんなあなただからこそ、私は結婚しようと思ったの。これに関して、何か反論がある？」

僕と義父（仲間よ）は、敗軍の将として美奈子（とお義母さん）の前にひれ伏した。ないです。ありません。お手上げです。

今度は三人で、薄暗くなってきた商店街を歩く。美奈子を真ん中にした僕らは、すでに王族ではなく下僕の雰囲気を漂わせていた。

「もう、恥ずかしくってしばらくあの辺りは歩けないわね」

「その恥ずかしさを駄目押ししたのは、君だよ」

「そうだ。お前が来なければ、感動的な場面で周囲から拍手が起きていたはずだ」

義父（うんうん）の言葉に、美奈子は呆れたように首を振る。

「まったく、二人ともよく似てるわ」

「ええ!?」

「なんだと!?」

同時に声を上げた僕と義父（あれ？）は、顔を見合わせる。どこも似てない。ていうか似てたら困る。そしてたぶん、相手もそう思ってる。

なのに美奈子の言うことは、妙に説得力があった。

「二人とも自分に酔いやすくて、周りが見えてない。そういうとこ、よく似てるわ」

僕らは黙って、うなだれる。

「でもね」

そんな僕らに向かって、美奈子は微笑みかけた。

「だからこそ、お母さんがお父さんを選んだ気持ちがわかる気がするの」

「それって――」

美奈子はこっそりと、僕の手を握る。

「王様も王子様も、可愛いもの」

ね。と言われて義父（まんざらでもなさそう）はごほんと咳（せき）をした。そして僕は、美奈子の手を優しく握り返す。

そう、王子様のように。

僕が結婚するのは、アメリカ人の王女様。王子なんだから、これは妥当な結婚と言えるだろう。

ふと思いついて、僕は義父（決定）と美奈子に提案する。

「よかったら次は、僕の料理を食べて下さい」

「お、王子様は料理もできるのか。それはステーキとか？」

「いえ、しゃぶしゃぶです」

「ああ、あなたのしゃぶしゃぶはおいしいものね。野菜もくるくるにしてあったりして、見た目も綺麗だし」

もちろん、デザインにこだわる僕は見た目を重視する。だからニンジンや大根はピーラーで剝いた後、水につけてカールさせる。豚肉だって上質で口触りのいいものを選ぶ。

でも、今回重要なのはそこじゃない。

ジャパニーズでローファットなスライスポークのボイル。それをおろしポン酢で山のように食べよう。甘くとろける脂肪と、ジューシーであっさりとした大根おろし。

そのマリアージュはきっと、僕らの結婚によく似ているはずだ。

いっぱい食べて、いっぱい笑おう。一緒に、生きてゆくんだ。

僕は王様の長生きのために、力の続く限り大根をおろす覚悟がある。もちろん、僕の大切な王女様のためにも。

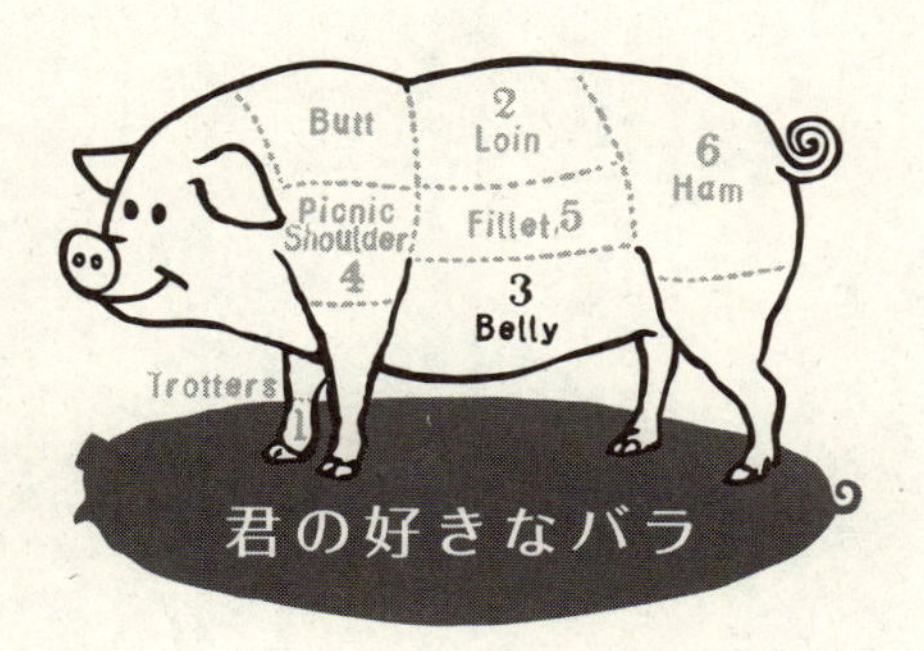
Butt
2
Loin
6
Ham
Picnic
Shoulder
Fillet 5
4
3
Belly
Trotters
1
君の好きなバラ

まあなんていうか、気分が悪い。でもそれを悟られるのは、超絶嫌だからフツーのフリ。つか弱みとか、誰が相手でも握られたくねえし。

「でさあ、今日、どうする？」

どうする？　ってお前、俺の友達でもないくせに。

「まあ、テキトーな感じかな」

それに答えてる俺もどうなの。ああムカつく。

「テキトーね、テキトー」

ふんふんとうなずきながら、相手は俺に向かって手を伸ばす。うざい。やめろよ。

本当に、もう。

「勉強やってるー？」

話しかけてくんなよ。

「まあ、テキトーに」

「そーなんだー。部活とかは？」

うっせんだよ。

「いや。帰宅部だから」

「あ、じゃあ塾とか？」

「別に」

もう、いいかげんにしろって。話したくないのがわかんないのかよ。これだから、鈍い奴ってのは。

「じゃあさじゃあさ、最近ハマってるものとかない？」

「別に」

ああムカつく。もう口を開くのさえ嫌だ。

会話につきあいたくなくて黙ったら、しゃきしゃきという音だけがあたりに響く。

俺は手に持った雑誌を見るフリをしつつ、鏡の中の自分を盗み見た。でも、こうやって見たところで、良くなってるのかどうかなんてわからない。

ていうか、髪切られてるときって、どうしてりゃいいの。マジで。

月一、切るのはオシャレな証拠だと雑誌には書いてあった。でもそれが「髪は耳にかからない」って校則のせいで、しかも行く店が千円カットの場合はどうなんだ。

母親からおつりの出ない札を握らされて座るのは、いつものカットハウス。美容院でも床屋でもない、微妙な店。腕がいいのか悪いのかも、微妙。叫びだしたくなるような髪型にされたこともなければ、すげえカッコよくなったこともない。

まあ、ひと言でいうなら『ブナンでダサめの店』。つか、母親が選ぶものって大体こんな感じ。服はユニクロとかジーンズメイトで、チョコはアルフォートやポッキー的な。

何も考えずに流せばいい。それはわかってるんだけど。

でも、ときどき許せなくなる。叫びだしたくなる。いっそ間違ってアフロにでもされた方がマシだろ、なんて思う。だってなんていうか、このブナンなダサさは罪だ。ぬるま湯だ。死ね。誰が？　俺か。

ネタにすらならない店がさらに苛つくのは、店員がおしゃべりなこと。床屋に行けば静かなのは知ってるけど、千円じゃやってもらえないし、やってもらえたところで、今っぽくないからやっぱり無理。

ブナンでダサめの髪型も、ムースやワックスがあればどうにかなる。でも、俺の場合それも無理。だって、母親が最悪だから。

「へえ？　ムース？」

金をくれと言って説明したとたん、母親はにやりと笑った。

「あんた、寝癖すごいもんねえ。うんうん、買いなよ。カッコよくなるよ」

そう言いながら、札を取り出す。俺はそれを見て、どんよりとした気分になる。

『カッコつけたいんでしょ？』『色気づいちゃって』『でもそれが成長よね』みたいな雰囲気むんむんに出して、しまいには『アタシ、理解ある親だから』的なドヤ顔。

これで「サンキュー」って言えるほど、俺は人間できてない。

「……いいよ、もう」

「あれえ？　だって必要なんでしょ？」

「だから、もういいって！」

逃げ出すように家を出た俺は、そんなわけでこの店にいる。

おしゃべりなのが、女だったらまだ許せる。しょうがねえなって思える。つか、キレイっぽい人だったら、まあ嬉しいわけ。でも俺の後ろで喋り倒してるのは、おっさん。確かに服はお洒落っぽいけど、思いっきりおっさん。だからまあ、苛々する。

「今のチューガクセーって、どんなのが好きなの？　やっぱゲーム？　ジャンプとか読んだりする？」

「ああ、まあ」

うっぜえうっぜえうっぜえ。

「そーなんだー。あ、俺もあれは読んでるよ。海賊のやつ」

はいはいはい。超有名だから、オトナが子供にすり寄るときに、必ず言うあれね。

「面白いっすよね」

俺の中では、かなり前に終わってるけど。

「だよねー」

てるてる坊主みたいなケープの中で、俺はもぞもぞと動く。髪が、ちくちく首筋に刺さる。

「俺のチューガクセーの頃って、なにやってたっけなあ。今みたいなゲームはなかったし、そもそも携帯もパソコンもなかったからなあ」

なにそれ。石器時代？　つかおっさんに興味なんてねえし。こういう「オレの頃は」的なハナシって、一番聞きたくないジャンルだし。大体、あれだよ。昔はよかった的な感じで、最後には説教くさくなんだろ。

でも、おっさんのハナシは予想外の方向に進んだ。

「あ、ハマってるって言えばさあ。最近、角煮にハマってるんだよね」

は？　おっさん、ヒマすぎて何を言い出すんだよ。

「角煮。ブタの角煮。圧力鍋買ったから作ってみたら、これがうまくてさあ」

なんだそりゃ。

「豚バラを適当に切ってさ、ネギとかショウガとか入れて、味つけしたらさ、あとはちょっと火にかけるだけ。それだけでとろっとろの角煮ができるんだよね」

つか、ヒマすぎね？　仕事しろっての。

「それをご飯にのっけてさ、煮汁で味玉とか作ってさ、角煮丼。これがもう、うまくてうまくて！」

ああ。まあ、飯にのっけるのは、ありかもしんないな。

「肉は箸でほろほろ崩れるし、脂身なんかすんげー甘いし」

ふーん。それはちょっと、いいかもな。

「でもって半熟にした味玉とか割ったら、黄身がとろーって！」

「……うまそ」

思わずもれた言葉に、おっさんは過剰反応する。

「でしょでしょ⁉　マジでうまいんだよ。もうね、店とかで食う気しなくなるくらい。でもってそれ、ラーメンに入れても最高。でっかいとろとろチャーシューみたいだもんね。いやあ、食べさせてあげたいなあ」

「あ、そうだ。レシピ書いてあげるからちょっと待って」

じーじーじー。最後にバリカンで襟足を整えて、はい終了。

おっさんは俺をてるてる坊主にしたまま、カウンターへ行ってしまった。

「はいこれ。お母さんに渡して、作ってもらいなよ。圧力鍋がなくても、時間かければできるから」

「ああ——どうも」

なんだそれ。俺は渡されたメモ用紙を、ぼんやりと見つめる。醤油(しょうゆ)がカップ何杯とか、知らねえし。

俺はレジに札をぺたりと置いて、店を出た。


本屋とCDショップを軽く流して家に帰ると、もう夕飯の時間になっている。

「お帰り。あら、いいじゃん」

台所からひょいと顔を出した母親が、軽くうなずく。

「いつもと変わんねえし」

「そう？」

言いながら、またひょいと引っ込む。結局、こっちの返事なんて聞いてねえし。

洗面所を通るときに、ちょっと鏡で自分を見てみる。まあ、切りたては確かにさっぱりしてるかな。でもそれだって、仕上げにつけたワックスのおかげって気がする。

つまり、風呂(ふろ)に入ったらそれで終わり。あーあ。

部屋のドアを開けると、兄ちゃんが寝転んでジャンプを読んでいた。

「もう帰ってたんだ」

「今日、部活なかったからな」

二段ベッドの梯子を上り、俺は枕元に携帯を置く。子供の頃から、狭いマンション暮らしでプライバシーはゼロ。でも兄ちゃんは脳みそが筋肉でできてるから、それに文句を言ったりしない。

「おー、やっぱ今週も面白えな」

上から頭だけ出すと、兄ちゃんは海賊マンガのページを開いてみせた。だから、それはさあ。

夕飯のテーブルを見て、俺はがっくりとする。また豚バラ炒めかよ。

「うす。いっただっきまーす」

それでも兄ちゃんは嬉しそうに飯をかき込みはじめた。いつでも腹がへってて、しかも肉なら何でもいいっていうタイプは、マジでうらやましい。

だって正直、母親の作る豚バラ炒めはうまくない。ぺらぺらの肉は火を通しすぎてかたいし、味つけは市販の焼肉のタレをからめただけで、しょっぱすぎる。

つか、そもそも母親は料理が下手だ。だからほとんどのメニューに、市販のタレや調味料を使う。唐揚げには唐揚げ粉、麻婆豆腐には麻婆豆腐の素、和風のものにいたっては、全部めんつゆで済ませている。そんな相手に、レシピなんて渡しても意味がない。だいいち、うちに圧力鍋なんて、あるわけねえし。

「お腹でもこわしたの？」

のろのろと箸を動かす俺を見て、母親が首を傾げた。いっそこわしてえよ。なんもかも。

先に部屋に戻って、ベッドに寝転ぶ。そして美容師から押しつけられたメモを、ぼんやりと見つめる。『豚バラのブロック』って、なんだ？　豚バラはわかるけど、それがブロック？　レゴかよ。俺は頭の中で、おっさんが肉のブロックを積み上げているところを想像する。にっちゃにちゃで、ぐにゃぐにゃして、ぜんぜんうまく積み上がらない。

なんかちょっとだけ、笑えた。

母親の料理を知ってるから、弁当箱に期待したことなんてない。それでも今日のは、開けた瞬間にがっかりしてため息をつきたくなった。

「なになに、どうしたん？」

覗（のぞ）き込んでくる友達に、俺は弁当を見せる。

「焼肉弁当？　うまそーじゃん」

昨日の豚バラ炒めを飯の上に載せただけ。他にはなんのおかずもない。

「食ってみろよ」

弁当箱を差し出すと、友達は遠慮なく一枚とって口に入れた。最初はうまそうにもぐもぐしていたが、しばらくすると微妙な表情になる。

「なんだろ？　まずくはないけど……」

「かたくて、しょっぱいんだよ」

俺の言葉に、友達は水を飲みながらうなずく。

「まあ、こんな日もあるんじゃね？」

「いっつもこうなんだよ」

一見、まずそうには見えない。でも食べてみると、絶妙にうまくない。うまくないけど、ネタになるほどまずくない。この絶妙さが、マジで許せない。

「でも、作ってもらえるだけ、いいんじゃね」

そう言う友達を見て、これまた絶妙な『負けた』感。いい息子とかやりたいわけじゃないけど、なんか人間的に負けたっていうか。

なんもかんも絶妙にダメ。もしかするとこれは、遺伝ってやつか。学校が終わり、どんよりしながら歩いてたら、人にぶつかった。それも、けっこう強く。

「あ、すんません」

携帯から顔を上げると、女の人が転んでいた。転んで、スカートがちょっとめくれていた。どきりとする。

やばい。怪我させたかも。そう思って、とっさに近づく。するとその人が、顔を上げた。けっこうババアじゃん。そう思った瞬間、香水のいい匂いがした。

「こっちこそ、ごめんなさい」

恥ずかしそうに立ち上がって、服の乱れを直す。ゆるいカールをかけた長い髪。裾（すそ）がふわっと広がったスカート。ハイヒールよりは低めの靴。

なんか、ドラマに出てくる『お母さん』みたいだな。そんなことを思いながら、辺りに散らばった荷物を拾う。お洒落な格好には似合わない、スーパーの袋。その中で、卵が割れていた。これはマジ、俺のせいっぽい。

「ホント、すいません」

頭を下げると、その人はにっこりと笑った。

「いいのよ。むしろ手間が省けたわ」

「え？」

「今日はオムレツにしようと思ってたの。だから割れてて、ちょうどいいのよ」

気をつかってくれてるんだ。それくらい、俺にでもわかる。もう一度頭を下げると、その人はもう一度微笑んだ。

「あなた、いい子ね」

「はい?」

「いまどきの子って、もっと冷たいのかと思ってた」

いやそんなこと、と口の中でもごもごとつぶやく。するとその人は、片手を小さく振った。なんか、小さい女の子がするみたいに。

「じゃあね」

「あ」

俺は遠ざかる後ろ姿を見つめながら、その場に立ち尽くしていた。

優しい女の人だった。けっこう歳はとってたけど、なんか可愛い感じがした。もしああいう人が自分の母親だったら、どうなんだろう。そんなことを、ふと考える。きっと料理とかすごいうまくて、弁当なんて毎日楽しみで、部屋もお洒落で、買ってくる服もセンスいいんだろうな。

そしたら俺も、ちょっとは違ってたかな。なんかもうちょっといけてて、全体的にマシっていうか、いい人間ぽいっていうか。

——いい子、なんて言われたのはいつぶりだろう。小学校の低学年とか、そんな頃だろうか。とにかく、ここ数年言われてなかったことは確かだ。

(別に、いい子じゃねえし)

そうは思うものの、悪い気分じゃない。でもそれはきっと、あの人だからだと思う。他のオトナから言われたら、ガキ扱いすんなよ、で終わり。ちょっと嬉しく思えるのは、あの人の言い方が「そのまま」だったからって気がする。

オトナって、そのまま言わないことが多い。なんか言ってることの裏に、もう一個意味があるっていうか、建て前っていうか、嘘っぽい感じ。

たとえば「勉強してるか」っていう父親の言葉には、「お母さんに任せっきりだけど、ちゃんとやってんだろうな」っていう雰囲気がある。それから母親の「今日何食べたい?」には「メニュー決めるのめんどくさい。アンタが決めて」。ついでに担任の「おー。元気か?」は、「おはよう。こんにちは。下校気をつけろよ。また明日な。問題起こすなよ」のスペシャルミックス。

そういうの真面目に聞いてると、疲れる。でも、だからといって兄ちゃんほどバカにもなりきれない。兄ちゃんみたいにオトナの言葉をそのまんま聞けたら、もっとずっと楽だった気がする。でも、そうできない。

「ちょっと」

母親に呼ばれて居間に行くと、テーブルの上に電球が置いてあった。

「この上のが切れちゃったから、替えて」

超絶めんどくせえけど、逆らうのも面倒な気がして、俺はのろのろと椅子を動かす。ほこりだらけのカバーを外しながら、ぼんやりと考える。きっと、あの女の人の家には、ほこりなんてないんだろうな。

「掃除とか、すれば」

切れた電球を渡しながら言うと、母親は嫌なことを言われたように顔をしかめた。そういえば、母親がスカートを穿いているところなんて見たことない。定番は、膝の抜けたジーンズと毛玉のついたセーター。まったく、これでも同じ女かよ。

母親はしばらく黙ったあと、ふんと鼻を鳴らす。

「するわよ」

「いつ」

突っ込むと、むっとしたのか口を尖らせた。

「あーあ。お兄ちゃんが、帰ってたらなあ」

「んだよそれ」

「あんたより背、高いでしょ」

「は？」

「それにあんたみたいに文句言わないし」

言われた瞬間、ごうっと赤黒い風が吹いたような気がした。

「でも、帰ってきて家が暗いのってやだから」

なんだそれふざけんな。だったら俺を呼ぶんじゃねえよ。つか、帰ってくんのは兄ちゃんだろ。俺が帰ってきたとき暗いのはいいのかよ。ああそうか、そもそも兄ちゃんだけいればいいんだよな。だったら産まなきゃよかっただろ。こっちだって、こんな母親望んでねえし。

喉元まで、言葉がせり上がってくる。でもなんか詰まって、すらすら言い返せない。それが余計にムカついて、たまらない。

「……うっせんだよ、ババア！」

投げつけるように言ってから、まっすぐ部屋に入る。ムカついてる顔を、見られたくなかった。「こんなんでムカつくんだあ」とか半笑いで言われたら、マジで殺したくなるから。

もう、なんかもう、ぜんぶ嫌だ。嫌すぎてどうしようもない。

二段ベッドの狭い枠の中で、俺はごろごろと寝返りをうつ。

違う家に、生まれたかったな。

それでも毎日は、これっぽっちも変わらない。ただ、あれ以来ヒマな時間にあの人を思うことが増えた。好きとか、そういうんじゃない。あの人が俺の母親だったら、どうだったろうと考えるだけ。

家は、きっと一軒家だ。居間は広くて、バラとか飾ってある。俺が学校から帰ってくると、あの人は紅茶をいれてクッキーやケーキを出してくる。もちろん、自分で焼いたやつだ。俺はそれを食ってから、自分の部屋に行く。兄ちゃんと一緒じゃなくて、自分一人だけの部屋。そこで自分専用のパソコンをいじったり、ゲームをしたりする。

夕飯の時間になると、あの人がドアを優しくノックする。間違っても、いきなり開けたりなんてしない。食卓にはオムレツ、じゃ飯のおかずっぽくないから、ビーフシチューやステーキ。ああ、とろとろの角煮なんかもいいかもしれない。

「じっくり煮込んだんだけど、味はどうかしら」

「そんなこと言わなくたって、お母さんの料理はいつでもおいしいよ」

俺は、自分で想像しててびっくりした。なんだよ、お母さんて。なんだよ、その台詞。ドラマかよ。恥ずかしい。

俺が一人で赤面していると、いきなり部屋のドアが開いた。母親だ。

「ちょっと、ヒマならそろそろ髪切りに行きなさい」

「ノックぐらいしろよ!」

俺はベッドから顔を出さずに叫ぶ。ああもう、嫌だ嫌だ。

「どうせ返事しないんだから、しても意味ないわよ」

「したことないくせに、決めつけんなよ」

「やんなくたって、わかんの！」

いつ、どうやってわかったんだよ。俺は肚の底からむかむかしてきた。

「うっせんだよ、ババアッ！」

「その台詞、聞き飽きたわよ」

その返しがまたムカつく。誰かこいつ、他の人ととっかえてくんないかな。

「こっちだって、ワンパターンの料理に飽きてんだよ！」

ベッドから飛び降りて、母親の横をすり抜けて部屋を出る。

「お金、玄関とこに置いてあるから！」

叫ぶように声が、追いかけてくる。俺はそれを無視して、靴箱の上に置いてあった千円札をひったくる。その瞬間、足もとでかしゃん、という音が聞こえた。

目を下に向けると、おもちゃの電車が落ちている。兄ちゃんと俺が、ガキの頃に凝っていたダイキャストの山手線。適度に重くて文鎮っぽいからと、母親はそれを靴箱の上に置いていた。

捨てろよ、いいかげん。

兄ちゃんも俺も、もう電車なんか好きじゃない。俺はそれを見ないようにしながら、家を出た。

なんか、強盗をしたような気分だった。

一つ一つは、今までにもあったことだ。母親と言い合うことも、顔を見ずに飛び出すことも。でも、金を引っ摑んで走っていると、なんかもっとすごく悪いことをしたような気がする。なんだよ、これ。

カットハウスの近くまで来て、俺はようやく立ち止まった。何も考えずに店のドアを開けた瞬間、自分のバカさに気がつく。家を飛び出してきたはずなのに、母親の言う通りにしてるっておかしいだろ。

「いらっしゃいませ」

いつものおっさんの声、じゃなかった。なので引き返す瞬間に、ふと顔を上げた。

「あら？」

ふわりと漂う香水の香り。あの人が、立っていた。

「あなた、もしかしてこの前の」

「え。いや、その」

「ねえちょっと、あなた」

背後に向かって声をかけると、いつものおっさんが出てくる。てことはもしかして、この二人って夫婦なのか。

「やあ、いらっしゃい」

俺を見たおっさんは、いつものように席へと案内しようとする。そこへ女の人が割って入った。

「違うのよ。そうじゃなくて、彼、オムレツの日に会った子なの」

「ああ、君が」

どうやら女の人は、おっさんに俺のことを話していたらしい。俺は慌てて、頭を下げた。

「あの、どうもすいませんでした」

するとおっさんは、びっくりしたような顔をする。

「いやいや、謝らなくてもいいよ。だって彼女は、君のことすごく褒めてたんだから」

そう言われて、俺はちょっと安心した。でもその反面、ちょっと嫌な気分にもなる。俺の知らないところで、おっさんに俺のことが話されていたなんて。

そのまま席に座らされて、いつものようにカットがはじまる。帰るタイミングを逃した俺は、がっくりとうなだれた。結局、母親の言う通りかよ。しかもこの人が、おっさんの奥さんだなんて。

くそ。千円、違うことに使ってやればよかった。

前髪を切り終えたところで、おっさんがレジの方を見る。

「そういえば今日、夕飯あれだよな」

「ええ、そうよ」

女の人がうなずくと、おっさんは鏡の中の俺に向かって話しかけた。

「君、ちょっと時間ある？」

「え？」

「こないだ話した、角煮。今日の午前中に仕込んだんだ。家、こっから近いからさ、よかったら食べてきなよ」

いきなりの提案に、うまく反応できない。だっておっさんの家行くとか、あり得ないし。

なのに女の人まで、こんなことを言い出す。

「ちょうど私、交代で家に帰る時間なの。ね、一緒に行きましょ」

俺が返事に困っていると、バリカンを終えたおっさんが背中を叩いた。

「家に上がるのが嫌なら、タッパーに詰めてけばいいさ」

「あの、嫌とかそういうんじゃ――」

「嫌じゃないなら、嬉しいわ」

流されるようにして、俺は女の人と一緒に店を出る。

なんだか、すごくヘンな気分だった。ずっと想像してた世界に、入ったみたいな感じ。

女の人と並んで歩くと、背はちょっとだけ向こうの方が高かった。こうやってると、もしかして親子みたいに見えるのかな。いやいや、服のセンスが違いすぎて、そうは見えないか。

「この間は、本当にごめんなさいね」

「いえ」

花屋が見えた。そうだ、バラだ。ここでバラの花束を買ったら、「これを飾って、お茶でも飲まない？」みたいな感じになるんじゃないだろうか。

でも、よく考えたら財布の中には小銭しかなかった。唯一の札は、さっきおっさんの店に置いてきたわけで。バカか。バカなのか。

二つめの角を曲がると、小さな路地に入る。なんだか、薄暗い。

「最近、お店のこととか考えると、ぼんやりしがちなの」

「そうなんですか」

「私、おっちょこちょいだからこの間も転んじゃって」

女の人は、ふふっと笑った。そうそう、こういうのがいいんだよな。可愛げっての？

　たたんだ洗濯ものを「あっ」とか言いながら崩しちゃったり、着替えを忘れてバスタオル身体に巻いたままリビングを横切ったり。あ、もちろん洗濯ものはふわふわでいい匂いがして、寝るときは可愛い感じのパジャマだな。間違っても、毛玉のついたフリースの上下とかじゃない。

　あ、あとこれは基本。弁当を作り忘れた日、慌てて届けにくるってやつ。いきなり教室に来て、「あれ誰の母ちゃんだよ？　マジうらやま」とか言われんのね。もちろん弁当箱の蓋（ふた）を開けたときも、同じ。今度は女子が寄ってきて、「すごーい。今度お母さんにお料理教えて欲しいー」とか言うわけ。

　女の人は、小さなマンションにすたすたと入っていく。マンションか。そうだよな。一軒家ってのは、さすがにイメージ盛りすぎたよな。

　ただ、小さいのはイメージに合ってたけど、ボロいのが違った。五階建てで、エレベーターはなし。廊下がなんだか暗くて、ドアには錆（さび）が浮かんでいる。がちゃんと大きな音をたてて鍵（かぎ）を開けると、女の人は俺を呼んだ。

「すぐ詰めるから、座っててね」

　玄関には、お洒落な靴が並んでた。中にはハイヒールもあって、ちょっとどきどきする。

でも入ってすぐの居間にあるテーブルはうちのよりもボロくて、部屋もうちより狭かった。そしてさらにすごいのは、電球がところどころ外されていたことだ。

俺の視線に気づいたのか、女の人は苦笑する。

「貧乏くさい？　びっくりするわよね、やっぱり」

「いえ」

黙ってたら「そうです」って感じになりそうで、俺はあわてて口を開く。

「あの──俺、つけましょうか？」

ここに兄ちゃんはいない。母親もいない。つまり俺は、がっかりされない。

でも女の人は、微笑みながら首を横に振った。

「ありがとう。でも、あれはわざとなの。もう一軒お店を持ちたいから、できるところは割り切って切り詰めようって」

「あ。そう、なんですか」

気分が、あっという間にしゅっとしぼんだ。言ってることは、わかる。節電って、そうじゃなくても大事らしいもんな。でも、どう説明されても気分的にしっくり来ない。据わりの悪い椅子の上で、俺は微妙に身体を傾けた。

「これ、飲んでてね」

女の人が、テーブルにコップを置く。ガラスにイラストのついた、可愛いやつ。それに、ペットボトルから緑茶を注いだ。有名なメーカーの、安定の味。うちで母親が作ってる、ほとんど水みたいな薄い麦茶とは違う。

「大人だけの生活って楽だけど、ときどきそれでいいのかしらって思うわ」

すすけたような色合いのキッチン。場違いなほど華やかなスカートが揺れる。

「――子供がいたら、違ったんでしょうね」

なんて返事をしていいのかわからなくて、俺はテーブルの上を見つめた。醤油入れと、ごま塩の瓶。ラベルが少し汚れてる。

「明るい家を、心がけようっていう気分になったと思うの」

帰りたい。そう思った。でも、帰りたいと思うのも悪い気がした。

西日が、差し込んでいる。けれどその明るさは、部屋の隅まで照らすことはない。むしろ、影を濃くしているように思えた。

「お待たせ」

うちより狭いキッチンから、女の人が出てきた。そして俺の前に、角煮の入った容器を置く。

「器は、返さなくてもいいものだから気にしないでね」

「ありがとうございます」

軽く頭を下げると、女の人はにっこりと笑った。いや、笑ったんだと思う。なぜなら逆光で、その顔が陰になってたから。

目を合わせられなくて視線を上にそらすと、天井の壁紙が浮いて剝がれかけてるのがわかる。なんかもう、どこを見ても薄暗い。

「でもね、節約生活も悪くないわ。ガス代を節約しようと思ってたら、こんなおいしい料理も発見できたし」

俺がうなずくと、女の人もうなずく。楽しそうだけど、寂しそうな声だった。

「うん。よく食べる男の子、欲しかったなあ」

なんか、本当に何を言っていいかわからなかった。女の人の言葉は、そのまんまなのにそのまんまじゃなかった。ただのつぶやきにも思えたし、なんかヤバいくらい意味がありそうにも思える。

ああ、兄ちゃんがここにいればよかったのに。兄ちゃんだったらきっと、「じゃあ」って言いながら、この場で角煮を爆食してくれただろう。でもって「おかわり」とか言って、女の人を喜ばせたりもできただろう。

──そして「ここ、暗いっすね」って、そのまんまの言葉で言えただろう。

でも、俺にはできない。そのフリすら、できない。

「……あの、俺、そろそろ」

もごもごと口を動かしながら、俺は立ち上がろうとした。するとその瞬間、椅子が音をたてて後ろに倒れる。絶妙にダメなタイミング。

女の人が、驚いたような顔をしてから、少し笑うのが見えた。西日が、終わりかけていた。

「また、切りにきてね」

外に出ると、日が暮れていた。薄暗い道を、俺はおかしな顔をしたまま早足で歩く。暗くなんかない。わけもわからず、誰かにそう言いたかった。

手に下げたビニール袋が、妙に重い。

家に着いたら、当たり前だけど夕飯ができていた。ついでに、灯(あか)りもついている。俺が替えたんだから、当然だけど。

俺は自分の机の下にビニール袋を隠し、居間に入っていく。母親と顔を合わせるのは気まずかったけど、兄ちゃんがいてくれたからよかった。

しかし、食卓を見て心からがっかりする。

「……なんでまた、バラ肉なんだよ！」

今度はキムチと炒めてあるけど、明らかに手抜きのバリエーションだ。それでも兄ちゃんはうまそうに食ってる。いいけど。兄ちゃんがうまいんなら、それでいいってことなんだな。

でも、返事があった。

「だってあんたが、好きって言ったから」

台所から、母親の声が聞こえてくる。

「は？」

なんだそれ。俺はそんなこと言った覚えはねえぞ。俺がつぶやくと、兄ちゃんが茶碗から顔を上げる。

「それ、俺も聞いたぞ」

「え？」

「お前がすっげガキの頃。カタカナ読めるようになって、バラ肉の『バラ』だけ読めたんだ。そしたらお前、お花の名前のお肉なんてかわいい、って喜んじゃって」

「マジかよ」

「マジマジ。そっからしばらく、スーパー行くたび豚バラ買ってた」

信じられない。まさか自分がまずいメシの元ネタだったなんて。呆然としている俺の前に、台所から出てきた母親が味噌汁の椀をおく。

湯気。いつものパックだしと、いつもの味噌。具は気が遠くなるくらいマンネリの、豆腐と葱。

「それだけじゃないわよ」

変だったんだから」

「あの頃、テレビで調味料のコマーシャルを見ればそれを買えっていうし、ホント大変だったんだから」

茶碗に飯をよそいながら、母親はぽつりとつぶやいた。

「――でも、可愛かった」

「え」

思わず聞き返すと、母親は大げさにため息をついてみせる。

「天才かとも、思ったのよね。でも違った」

「なんだよそれ」

「三歳でカタカナ読めて、テレビも一回見たら覚えて、電車の名前なんかすごい数覚えて」

お兄ちゃんは、あんまりそういうのなかったから。母親の言葉に、兄ちゃんは「俺、乗りテツだったから」と笑った。

「将来、楽できるかと思ったんだけどなあ」

「……悪かったな」

蛍光灯で白々しいほどに明るい、うちの食卓。俺はブタキムチ炒めを箸でつまんで、口に入れる。相変わらず、肉はかたい。でもキムチのおかげで、わかりやすい味だった。

まあ、まずくはない。うまくなんか、ないけど。

夜。兄ちゃんが寝てから、俺は机の下のビニール袋に手をかけた。そのまま、袋を持って二段ベッドの上へと上がる。

携帯のライトをつけて、保存容器を取り出した。注意して蓋を開けると、一面に白い脂が広がっているのが見える。これなら、こぼれる心配なんてしなくてもよかったな。

割り箸で脂をほじくると、下から茶色い汁がじわっとにじむ。

肉は、やわらかかった。でも、とにかくあぶらっこい。舌や上あごに固まった脂がべっとりと張りつき、気持ちが悪い。逃げるように卵を頬張ると、喉に詰まって胸が苦しくなった。

きっと、あったかかったらうまいんだろう。きちんと皿に出したら、もっとうまいんだろう。飯に載せたら、本当にうまいんだろう。

でも今は、キツいだけだった。

俺は暗闇で一人、胸を叩きながら小さな声でつぶやく。

「――水」

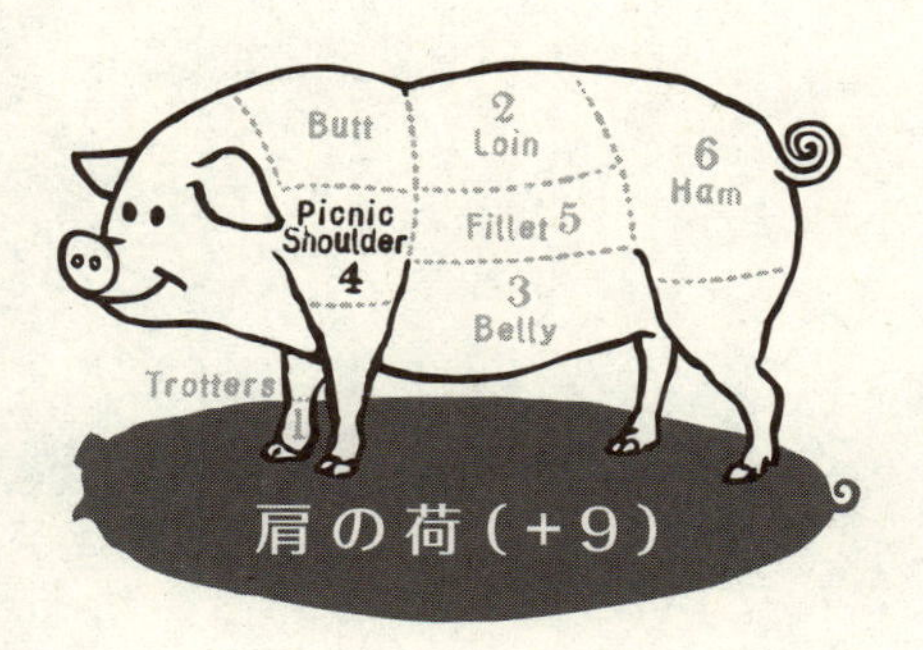
Butt
2
Loin
6
Ham
Picnic
Shoulder
4
Fillet 5
3
Belly
Trotters
1

肩の荷(+9)

トウモロコシを、皿の上に載せられた。

　自分から取ったわけじゃない。たまたま、焼く係のそばにいただけだ。「焦げる前に、どうぞ」と言われて、断るチャンスもないまま、受け取っただけ。相手が知人ではなかったから、余計に断りにくかった。

　軸についたままのトウモロコシは、面倒くさそうであまり食べる気はしない。丸々一本じゃなくて、三分の一くらいに切ってはあるが、それでも処理に困る。大体、バーベキューでトウモロコシを出すって、どうなんだ。紙皿と箸を片手に持って齧るなんて、難易度高すぎだろう。

　そこそこ大きな規模の、バーベキューだった。網が数枚セッティングされ、肉や野菜以外にも色々なものが焼かれている。人も多い。知り合いよりも知らない顔の方が多くて、ちょっと安心した。こういうパーティーは、抜け出しやすい。

　しかしこれ、歯に挟まるんだよな。しかも結構な量が。できれば見ないふりをしておきたいところだが、脇によけられるほど小さくもない。俺は皿の上のトウモロコシを放置したまま、冷めるに任せた。

「食べないんですか？」

すぐ隣で声がして、俺はぎくりと身体を強ばらせる。おそるおそる視線を向けると、見知らぬ若い男がにこにこと笑っていた。けれどその声は、こちらに向かってかけられたものではない。

「あ、はい」

そう答えたのは、やはり見知らぬ若い女。その対応に気を良くしたのか、男の口調がいきなりくだける。

「コーンは、苦手？」

なにがコーンだよ。トウモロコシだろうが。心の中で悪態をつく。

「いえあの。味は好きなんですっ。コーンスープとか、コーンチップは大好きなので。ただ――」

「ただ？」

「丸かじり、できないんです。私、口が小さいらしくって」

ははは。なんだそれ。さっきでかい肉の串食べてたくせにな。そう言いたいところだが、ぐっとこらえる。

いやいやいや。そこは突っ込めよ。いくら狙ってるって言っても、そこはうなずいたらダメだろ。そう言いたいところだが、またしてもぐっとこらえた。

視界の端に知人たちの姿をとらえながら、俺はにわかに合コンめいてきた風景をぼんやりと見つめる。

女っていいよなあ。若いっていいよなあ。

女じゃなくて若くもないおっさんって、逃げ場がなさすぎだろ。


誰だって、自分がおっさんになるとは思っていない。少なくとも、自分はそうだった。二十代、三十代と来て、四十代前半までは、『若者』カテゴリにいるつもりだった。しかし四十代後半になって、身体が変わりはじめたのを感じた。

わかりやすく言うと、髪が抜けはじめ、腹がたるみ、皺が増えた。ついでに視力が落ちて、肩こりがひどくなった。

（おかしいな）

そしてある日、ふと鏡を見たら、そこには見事なおっさんがいた。

正直言うと、薄々感じてはいた。でも一つ一つの変化は小さかったので、見ないふりができた。

腹なんか、ちょっと運動すれば引っ込む。皺は日に焼けたせいだろう。髪はまあしょうがないけど、地肌が見えるほどじゃないから、ごまかせそうだ。目が悪くなったのはパソコン画面の見すぎだろうし、肩こりは仕事を頑張っている証拠だ。

妻は、特に何も言わなかった。それが優しさなのか無関心なのかは、不明。

結果、自分に現実を突きつけたのは、子供たちだった。

「最近、口くさい」

そう言ったのは、高校生の長女。

「食った後、歯、磨いた方がいいよ」

中学生の長男からは、同性のよしみからか、ほんの少しだけ気づかいを感じた。

認めたくはなかった。けれど、顔を背けるには、外堀を埋められすぎていた。


自分だけ歳を取らないなんて、思っていたわけじゃない。

ただ、激動の十代から二十代が過ぎ、会社員となって結婚したところからずっと、「働き盛り」の「パパ」が続いていたのだ。その時代が長すぎて、次があるなんて、忘れていた。

忘れていたけど、次は来る。

それを思い出させてくれたのは、直属の上司だった。

「もう俺も、来年で引退だ」

唐突にそう言われて、俺は軽く面食らった。あまり大きくない会社で、入社以来何かと面倒を見てもらった上司。良くも悪くも、この人をお手本にして俺はここまできた。

「まだ、定年じゃないですよね」

うちの会社は、定年が六十。でも希望すれば、もうちょっと延ばせる。なのにこの人は、それより前に辞めるというのか。

「まあほら、不況だし。早期だともうちょっともらえるからな」

「でも」

保険や保障など、会社員であることのメリットは大きい。そしてもし目減りするにしても、定期的な収入はありがたいはず。

「人生折り返し地点っていうかね。まあ、思うところあってな」

上司は、そこそこ仕事ができる。大きなミスをしてもいない。むしろ人づきあいがうまく、重宝がられる人材だ。社外にも、人脈が広い。

だから、退職を迫られたわけではないと思う。そういう意味で、俺は驚いた。

「ま、お前にはいつか話すよ」

肩を叩かれて、俺はうなずいた。うなずくしか、なかった。

平凡な会社人生だと思う。いや、むしろこの不況下で平凡と思えたことは、幸運な部類に入るのだろう。だからこそ、気づかずにここまで来たのだ。

「なんだそれ。贅沢な悩みだなあ」

学生時代からの友人に上司の話をすると、全員がそう言った。

「こちとらリストラの風が吹きまくってるってのに」

「俺なんか離婚したてだし」

「ブラック企業で役職についちまった俺の立場とか」

はいはいはい。すんませんでした。もう言いません。俺がわざとらしく土下座のフリをすると、皆は笑った。

「でもさ、実際のとこ、折り返し地点っていうのはわかる」

だって俺の親父、七十で死んだからさ。もう半分以上過ぎちゃったわけよ。友人の一人がそう言うと、場がしんみりとした。

「だよなあ。平均寿命だってその辺だろ。俺たちは、マジでターンしちゃってるわけだ」

「人生、後半戦ってことか」

「うそみたいだな」

そう、うそみたいだった。親が死ぬことも、自分が老けてゆくことも。

「下り坂ってわかると、進みたくなくなるよな」

ついこの間まで、人生は上り坂だと思っていた。事故や病気など、重大なアクシデントに見舞われない限り、努力はそこそこ報われるものだと思っていた。でも、下降するだけとわかっている道のりを、誰が歩きたいものか。

「この辺で、セーブかけときたいよなあ」

俺、この間糖尿だって言われちゃってさ。一人がつぶやくと、今度は一斉に身体の話になった。

「人間ドックで、胃潰瘍（いかいよう）が見つかって」

「ギックリ腰やったことあるか？」

「いやいや、尿管結石の痛みが一番だろ」

俺は幸いにして、今のところこれといった病気はしていない。肩こりがひどいのは仕事のせいだろうし、それによって起きる頭痛も、我慢できないほどひどいものじゃない。

ただ、口に関してはちょっと気になる。口臭はもちろんのこと、歯の間のすき間が広がってきて、ことあるごとにものが挟まる。

定期検診を兼ねて歯医者に行くと、こう言われた。

「加齢の影響で、歯ぐきが下がってきてるんですよ」

ここでも歳が問題なのか。俺は軽く落ち込んだ。

「でも、まじめにブラッシングすれば、また上がりますから」

女子社員じゃあるまいし、昼飯の後にハミガキなんかできるか。それにうちの会社のトイレは狭い。他人がションベンしてる横でシャカシャカ歯を磨くなんて、考えただけでもぞっとする。そう言いたかったが、ここでもぐっとこらえる。中間管理職は、こらえるのが仕事だ。

とりあえず折衷案として、外ではマウスウォッシュを使うことにした。これなら時間もかからないし、個室で口に含んで吐き出してもいい。ただ、問題がひとつある。

例の、ブツに関する問題だ。

最初に言われたのは、中華レストランでの会食のときだった。

「ニラ、見えてるぞ」

挟まってるな、という感覚はあった。ぷらぷらして邪魔だなと思いつつ、舌でもてあそんでいた。でも、それは奥歯だけの話じゃなかったらしい。

「これ使えよ」

同期の奴に爪楊枝（つまようじ）の容器を差し出され、しょうがなく一本抜き取った。

昔から、テーブルに爪楊枝入れが載っているのが不思議だった。つまむものなら刺して出せばいいし、歯の掃除がしたいならハミガキをすればいい。そもそも、食卓についているのに歯をほじる感覚がわからなかった。だって汚らしいし、それを見せるのは相手に失礼じゃないか。

けれど、得意先との会食で席を外すのもためらわれた。だから俺は、手を出してしまった。

片手で口元を隠し、横を向いて素早くブツをせせりだす。出たものはどうしようか悩んだ末、呑み込んで「なかったこと」にしてしまった。汚ねえな、と思った。そしてつかの間、じいちゃんのことを思い出した。

じいちゃんは、食卓で爪楊枝を使っていた。それも、一本の楊枝を一日使い回した。もったいない、とでも思っていたんだろうか。子供の俺から見たら、それはおそろしく汚いもののように見えた。

なのに、今自分の手の中にあるものは。

うまく言えないが、越えてはいけない一線を越えてしまったような気がして、軽く落ち込んだ。肩が、おそろしく凝っている。

「今度、送別会やるから来いよ」

あれから一年。上司が早期リタイアする日は、あっという間にやってきた。社会人の一年は、本当に速い。

「送別会は、こないだやりましたよね」

俺が答えると、上司はにやりと笑った。

「あれはあれ。今度やるのは、俺が主催のバーベキューパーティーだ。五月の連休あたりにやるから、予定に入れといてくれよ」

「そういうことなら、もちろんうかがいます」

「腹、減らしてこいよ」

肩をポンと叩かれる。ああ、これももう最後なんだな。そう思うと、凝った肩がより一層重くなったような気がした。

実際、肩の荷は重い。仕事の引き継ぎをしてみてわかったのだが、俺にマネジメントは向いていない。

自分のミスは気にならなくても、部下のミスは気になる。ミスを伝えるにしても、婉曲(えんきょく)的な表現が使えない。理想は本人に気づかせることなのだが、そこまで待てない。怒ってしまう。おかげで、周りのムードが暗い。

ことあるごとに、自分の不器用さが露呈する。社外では、もうちょっとスムーズに立ち回っていたつもりだったのだが、身内は別ということだろうか。

思い返せば、上司は人を使うのがうまかった。褒めるのも注意するのもさりげなくて、部下との距離感が適切だった。そして何より、対応が誠実だった。

「ありがとう」

当たり前の言葉に、きちんと血が通っていた。

そういう上司の元にいると、ごく自然に仕事ができる。もし失敗しても、ベストを尽くしたとわかってもらえる。そして成功したら、共に喜んでくれる。そう思えることが、どれだけ自分の背中を支えていてくれたことか。

彼がいてくれたからこそ、俺は外でのびのびと闘えたのだ。

けれど今、俺の部下は猫背で縮こまっている。だから仕事もはかどらない。前は、こんなじゃなかった。共に闘う仲間として、共に笑い、共に泣いて、ひとつになっていた。しかしそれも、彼という後ろ盾があったからこそのことなのだ。

今いる場所は、自分の実力でたどりついた場所じゃない。

彼の不在によって、否応（いやおう）なく気づかされた真実。気づきたくはなかった。でも、しょうがない。

自分にも、誠実はあると思う。俺はとにかく、嘘が嫌いだ。自分がつくのも、他人が誰かに対してつくのも、許せない。融通（ゆうずう）が利かないと言われることもあるが、長い目で見れば正直が一番だと信じている。たとえ嘘でその場を乗り切ったとしても、いつかしっぺ返しが来る。世の中って、そういうものだろう。うわべだけ繕って、理解ある上司を演じる気にはなれない。でも、以前の関係を取り戻したいのも事実だ。だからとりあえず、皆を飯に誘った。同じ釜の飯を食えば、というより、飲み会がうまくいけば、気持ちがまとまるかと思ったのだ。

「何が食べたい？」

なんとなく、居酒屋とか小綺麗な焼肉屋あたりを想像していた。女の子もいるし、汚らしいところは駄目だろうと思っていた。しかし予想に反して、返ってきた答は「ホルモン焼き」。

「いいのか？ 服に臭いがついたりするんじゃないのか？」

「大丈夫です」と言われて、俺は店を予約した。まあ、流行りとかもあるんだろう。以前、なぜかモツ鍋がブームだったこともあるし。

希望通りの店にしたことで、皆は喜んだ。

「俺、ホルモンにはうるさいんですよ」とか「私だって、肉食女子だから」とか言いながら、慣れた様子で部位の注文をしている。俺はホルモン自体は嫌いではないが、こういう専門店に来るのは初めてだった。そして何気なくメニューを見て、衝撃を受ける。

メニューが、ホルモンしかない。

なんかこう、もうちょっと別のものはないのか。そう思って店内の壁を見回してみても、それらしきものはない。ホルモンは噛(か)み切りにくいし、歯に悪そうなので柔らかい肉でもつまんでいようかと思ったが、焼き物はホルモンの一点張りだ。しょうがないので枝豆とキムチをつついていると、「食べないんですか？」と聞かれた。

「いや、まあな。今日は君たちが主役なわけだし」

「でも、スポンサー様には、一番おいしいところを食べていただかないと！」

そう言って、皿にホルモンが載せられる。

シロコロとかいう、部位。網から下ろした後も、しばらくはじゅうじゅうと脂が煮えたぎっている。濃い味のタレにつけて口に入れると、脂肪の甘みが感じられる。

「どうですか？」

「うん、うまいな」

そう答えると、若い奴の顔がぱっと輝いた。

「じゃあ俺、焼きますから！」

おすすめのラインナップ、食べて下さいね。そう言われて、俺は年長者らしい苦笑いを浮かべてみせる。しかし、困った。

「こちとら、健康が気になる歳なんだ。あぶらっこいのは、ほどほどでいいよ」

つきたくもない、嘘をついてしまう。それでまた、気分が落ち込む。そんな俺に向かって、皆が言う。

なに言ってるんですか、そんな歳じゃないでしょう。そもそも、そう見えませんって。

「いやいや――」

もう、本当に下り坂なんだ。俺は笑いながら、こっそり口を動かす。嚙み切れない。

「はい次でーす。熱々のうちに、どうぞ！」

ゴロゴロと皿に載せられて、困惑する。とても「何か別のものを」と言える雰囲気ではない。それに、今のこの楽しい雰囲気を壊すのは、得意先を怒らせることと同じくらい嫌だった。

口の中に、ゴムのような塊がずっとある。

それをいつ吞み込めばいいか、わからない。とうに味はなくなっているのに、欠けていく気配すらない。ホルモンって、こんなもんだったか？

「ほらほら、冷めちゃいますよ」

そう言われて、仕方なく箸をのばす。まだ前のが口の中にあるのに。

くちゃくちゃ。くちゃくちゃ。その音を必死に嚙み殺しながら、俺は相づちを打つ。くちゃくちゃ。ああ、そうなのか。くちゃくちゃ。そいつはおかしいな。くちゃくちや。はは、それはすごい。

「あ、また焼けましたよ。大きいの、どうぞ！」

無理だ。舌で押しやったゴムの塊が、奥歯のあたりに溜まってる。これ以上入れたら、喋れなくなる。

「ほらほら、主催者が食べてくれないと」

「あ、ああ……」

口の中はぐにゃぐにゃしたもので一杯なのに、俺の身体はがちがちに強ばっている。どうしよう。吐き出したいけど、そんなのは無理だ。まるで「俺はもう年寄りです」って言ってるようなもんじゃないか。

だんだん、歯も痛くなってきた。嚙みすぎだ。頭も痛い。つまみを食べないままで、飲みすぎたからだろうか。ろれつが怪しいのは、口にものが入っているからだ。

あ、そうだ。いっそトイレに立ってしまおう。そこでこっそり出すしかない。そう思って俺は立ち上がる。

「どうしたんです？」

「いや、ちょっとトイレに――」

隣の席の奴にそう告げた瞬間、俺の口からゴムの一部がぽろりとこぼれた。

「あ」

白っぽいぐにゃぐにゃの物体は、よりにもよってそいつの小皿にぽとんと落ちた。

「え」

「うそ」

それを目撃した女の子が、気持ち悪そうに口元を押さえる。

「あ、す、すまん」

慌てた俺は、その物体を指で小皿からつまみ上げた。早く隠さなければ。早く。早く。どこかへ。

それでつい、口の中に放り込んでしまったのだ。


出社したくない。そう思ったのは、新人の頃以来かもしれない。

でもそれで本当に休んだのは、初めてかもしれない。

肩こりからの頭痛がひどくて、と電話をかけ、家の寝室に閉じこもった。嘘ではない。本当に、かすかだけど、頭痛がする。仮病なんかじゃない。新たに追加された小さな罪悪感。そのせいか、全身がだるくなってきた。

誰とも顔を合わせたくなくて、外にさえ出たくない。もういっそこのまま、しばらく休んでしまおう。どうせ有給も消化しきれてないんだし。そう思った矢先、枕元に置いた携帯電話がメールの着信音を奏でた。

『今日も仕事お疲れさん。急で悪いけど、明後日、買い出し班を手伝ってくれないか？』

上司、いや元上司の彼だった。彼のリタイア記念の会のことを、俺はすっかり忘れていた。

どんよりとした気分で、ぽちぽちとガラケーのボタンを押す。

『了解しました』

いつも彼に「愛想がない」と怒られていた、用件のみのメール。

「お前のメールは、軍人みたいだよ。なんていうかこう、もうちょっとないのかな」

「ビジネスのメールに、私信は不要でしょう」

そう返す俺に、彼は苦笑しながらも「うるおいのある」メールを送ってくれた。出張先でのおすすめの宿泊先や、飲み屋。街で見かけた面白いこと。彼からのメールは、開くまでいつも内容がわからなかった。

俺に足りないのは、そういう部分なのかもしれない。

やがて本当に頭が痛くなってきたので、痛み止めを飲んで寝た。

もう一日休んだら、さらに外へ出る気力が失せた。かといって、家でやることもない。子供たちは学校へ行くし、妻は妻で家事やつきあいがある。寝室でごろごろしていると、なんだか自分が年金暮らしの老人になったような気がしてきた。

そんな気分で、バーベキューなんか行けるわけがない。明るい空の下、わいわいと騒ぐなんて、今の俺にはとても無理だ。

行きたくない行きたくない。雨よ降れ。台風来い。川が氾濫しろ。

そんなことを思ったところで、意味はない。わかっちゃいるが、祈らずにはいられなかった。

どんよりとした気分で朝飯を食べていたら、ゴマ和えのゴマが歯に挟まりまくる。不快なので舌で探っていると、娘が吐き捨てるように言った。

「そういうの、洗面所でやってくれない?」

なんだかもう、反論する意欲もない。きっと一昨日の奴らも、俺のことをこんな風に思っているんだろう。

「ああ、悪かったな……」

素直に洗面所に向かう俺を、家族全員が哀れなものを見るような目で見ていた。

口をゆすいで、鏡を見る。誰だこれ。おっさんどころじゃない。もう、じいさんの一歩手前みたいな顔だ。ひどい。ひどすぎる。ていうか俺、もうすぐこれよりもっとひどくなるんだな。

皺が増えて、髪が抜けて、歯がなくなって。飯を食えば何かが挟まり、外に出れば何かにつまずき、家にいても何もすることがなくて。

歳、取りたくねえなあ。

だってなんかもう、逃げ道が一つもないじゃないか。


皮肉なことに、外は思いっきり晴れていた。俺は酒屋で荷物を受け取ってから、スーパーで買い出し班と落ち合う。知らない人ばかりだったが、今の俺にはそれが何よりもありがたかった。

メモに書かれた品を集めながら、話題は自然と彼のことになる。共通の話題がそれしかないので、自然と言えば自然な成り行きだ。

「そういえば今日、奥さんって来られないんですよね」

何気なく言われて、ふと首を傾げる。

「ご病気ですかね？」

すると相手は、ちょっと驚いたような顔をしてから、声をひそめる。

「知らなかったんですか？　彼、離婚したんですよ」

「えっ？」

「退職と同時に、熟年離婚ってやつ。招待メールにも書いてあったから、言いますけど」

意外だった。彼のようなつきあいの上手い人間でも、そんなことになるのか。

奥さんには、会社のイベントで一回だけ会ったことがある。ごく普通の主婦といった感じで、仲も良さそうだった。だから余計に、離婚がぴんとこない。

「ここからはオフですけど、離婚の原因、彼の方らしいですね。なんか、女作っちゃったとか」

嘘だ。あの誠実な彼が、そんなことをするはずがない。俺は相手の言葉を遮るように、低い声を出す。

「らしい、なんて憶測、他人のプライベートに踏み込んで使うもんじゃないですよ」

すると相手は、つかの間むっとしたように俺を見返し、それから軽く頭を振った。

「だったら、直接聞いてみるといい」

荷物を持って、河原に向かう。段ボール箱を持った手がぶるぶる震えるのは、歳のせいではない、と信じたい。昔はこれくらい大丈夫だったよな、と思うことすら嫌だ。

でも、箱を下ろした瞬間に腰が痛んだ。

「よお、お疲れ。悪かったな、急に頼んで」

近寄ってくる元上司の彼に、必死で笑顔を作る。

「いえ、このくらい大丈夫ですよ。それよりも、すごく盛況ですね」

河原には、ざっと見ただけでも五十人くらいの人がいた。

「まあな。みんなが自分の時間を割いてくれて、俺は幸せもんだよ」

「人徳です」

心から、そう思った。そして俺が退職するときは、絶対にこんな風にはならないだろう。それが人としての差だ。

こんな人が、浮気なんかするはずがない。俺は「遅ればせながら、今日はお招きありがとうございます」と言いながら、彼の好きな銘柄のスコッチを差し出した。すると彼は、ちょっと驚いたような顔をする。

「なんでこれ、知ってるんだ？」

「バーに行ったとき、飲まれてましたから」

「でもお前とバーに行ったのなんて、数えるくらいだろ」

確かに、普段はありふれた居酒屋だった。けれどここぞという仕事が終わった後、彼は俺をバーに誘った。そこで必ず頼んでいたのが、このスコッチ。俺がそう説明すると、彼は黙って瓶を見つめる。

「まったく……お前って奴は」

「違いましたか？　お好きだと思ったんですが」

「馬鹿。大当たりだよ。これは、俺の特別な酒だ」

そう言って彼は、俺の背中をばんと叩いた。

少しだけ、腰の痛みがひいた気がする。


しかし、三日前の面子（メンツ）を前にするとやはり気持ちが沈んだ。しかも、皿の上には軸つきのトウモロコシ。こんなものを食べたら、この間の二の舞だ。それにそもそも、網ってあたりが不吉じゃないか。

部下たちと違う網にさりげなく陣取って、距離をとりつつ様子を観察する。俺がいることに気がついている奴もいる。でも特にひそひそ話をしたり、あからさまな態度はとっていない。社会人として、そこはセーブしてくれているのかもしれない。よくできた奴らだ。

とはいえ自分から近づく気もしないので、できるだけ目立たないよう振る舞った。網の近くに立って、いかにも食べるのに忙しい風を装ってみる。しかし、どれを取っていいかわからない。

肉は、牛と鶏が焼かれている。しかしそのどちらも、噛み切る自信がない。野菜はおおむね大丈夫な気がするが、トウモロコシのような伏兵もいる。他にホイルに包まれたものや、小鍋のようなものも網の上に載っているが、中身がわからない。しょうがないので、俺はウインナーやナスなど柔らかそうなものを選んで食べた。

食いものを、食欲より柔らかさで選ぶ日が来るとはな。自虐的な気分に浸っていると、隣から声をかけられた。

「あの。肩こり、大丈夫ですか」

「えっ？」

部下の、女の子だった。いつの間にこっちに来たんだろう。

「二日、休まれるなんて珍しいですよね」

「あ、ああ――」

困惑したままうなずくと、彼女はぽつりとつぶやく。

「私の父、頭痛のあるひどい肩こりを放っておいたら、重い病気だったことがあって」

「――そうか。今は、お元気になられたのか？」

「はい。なので、お大事になさってください」

ぺこりと頭を下げると、自然に離れていった。この前のことには、一切触れない。

呆然（ぼうぜん）としていると、今度は何かを差し出された。俺の皿に、モツを載せた奴だった。

「あの、これ、食って下さい」

「え？」

差し出されたのは、さっき網の上に載っていた小鍋。手のひらサイズのそれを開けると、中にはシチューのようなものが入っていた。

「豚の味噌（みそ）煮込みです。昨日から仕込んでたんで、すっごく柔らかくなってます」

「昨日からって――君が、作ったのか？」

「はい。でも煮るだけだから、簡単でした」

「――ありがとう」

持ち重りのする小鍋を受け取り、中身をおそるおそるすくう。とろりとした味噌は、八丁味噌だろうか。口に入れると、肉らしき固まりがほろほろと崩れた。歯で嚙む必要がまったくない。そして長く煮込まれたそれは、なぜだかビーフシチューの味によく似ている。

「うん。うまい」

俺が微笑むと、そいつはもう一つ鍋を引き寄せた。

「よかった。そしたら、いっぱい食って下さい」

「どういうことだ？」

「だってほら、医食同源って言うじゃないですか」

意味がわからず首を傾げると、そいつは自分の肩を指さす。

「これ、肩肉なんですよ」

俺は、上司の前では、安心して醜態をさらすことができた。それは、彼のことを心から信頼していたからだ。ミスをしても、その理由が正当なものならちゃんとわかってもらえる。馬鹿なことをしたら、笑って流してもらえる。そう、思っていたからだ。なのに俺は、部下の前で醜態をさらすのを嫌がっている。それはつまり、あいつらのことを信用していなかったということだ。疑心暗鬼になって、悪いことを言われるんじゃないか、笑われるんじゃないかと怯えて、肩に力を入れまくっていた。

そんな俺に、部下は優しい言葉をかけてくれる。手製の料理まで、持参してくれる。この誠実を、俺はきちんと受け止めなければ。

俺を苦しめていたのは、他の誰でもない。俺だ。


馬鹿だな。

そう思ってうつむいたとき、元上司が近づいてきた。

「なあ。こいつこないだ、口から出したモツをもう一度食ったんだって？」

いきなりタブーに触れられて、若い奴がひきつった笑みを浮かべる。

「ええとその、まあ、なんていうか――」

ありがとう。かばってくれるんだな。俺は小鍋の残りをかき込むと、元上司に向き合った。

「そうなんですよ。ゴムみたいに噛み切れなかったもんだから、つい」

「はは。恥ずかしい奴だなあ」

彼は、素直に笑い話としてこれを受け取っている。しかしそれに対して、若い奴が真顔で答えた。

「そんなことないです。あのホルモンは、本当に硬かったんで」

「そうなのか？」

「はい。俺たちも、無理して呑み込んでましたから」

嘘だろう。でも、その気持ちが嬉しかった。そこで俺は、元上司に向かってにやりと笑ってみせる。

「私も、これでなかなか、幸せ者でしょう」

すると彼は大きな声で笑ってから、俺の肩をぽんと叩いた。

「いい部下は、いい上司になるもんだな」

「でも、俺たちはちょっと心配してるんですよ」

若い奴の言葉に、彼は不思議そうな顔をする。

「心配？　こいつに限って、仕事の心配はないだろう」

「はい。仕事は心配してません。でも、真面目すぎて倒れちゃうんじゃないかって、心配なんです」

「おい、俺は――」

　口を開きかけた俺を、彼が手で制する。

「ぜんぶ、一人で背負わないで下さい。頼りないでしょうけど、俺たちが支えます」

「な――」

　なんだよそれ。支えるって、俺は年寄りかよ。

　かろうじて、冗談を出すことができた。顔は、泣きそうに歪(ゆが)んでいた。


　若い奴が離れたところで、彼がため息をつく。

「お前の時代が、来たな」

「なに言ってるんですか」

「馬鹿正直で、嘘がつけない。そういうお前の背中を、あいつらは見てきたんだよ」

きっと、いいチームになるな。そう言われて、俺はこくりとうなずく。

「いいチームに、してみせますよ」

　そしてトウモロコシを手で摑(つか)み、がぶりとやった。案の定、歯に挟まる。でも、もう嘘はなしだ。

「なんか最近、歳のせいか歯が弱くていけません」

「おいおい。お前より歳取ってる俺に、言う台詞(せりふ)じゃないだろ」

「やってることは、俺より若いじゃないですか」

そう返すと、彼はふと真面目な顔になった。

「――俺のことを、軽蔑(けいべつ)するか？」

「いえ。軽蔑するほど、事情も知りません」

トウモロコシの皮をもごもごと探りながら、川面(かわも)を眺める。

「若い女だよ。妻より、一回りも下だ」

「そうなんですか」

「仕事先で出会って、おすすめの店なんかをメールし合っているうちに、そういうことになった。でも、結構長いんだぞ。三年、ちょっとか」

それを聞いて、俺は本当に驚いた。ずっと一緒に仕事をしていて、これっぽっちも気がつかなかった。

「奥さんに、バレなかったんですか」

「ま、俺、器用だからね」

でも今は、妻どころか親戚(しんせき)中から責められて針のむしろ。彼は笑いながら、肉を嚙みちぎる。

「早期退職の金も妻への慰謝料で消えるし、馬鹿だろう」

「そう、ですね」

「でも今は、なんかすっきりした気分なんだよ。負け惜しみじゃなくてさ。一回、ぜんぶ更地にしたっていうか、人生のリスタート、みたいなね」

リスタート。新鮮な響きだった。そして、魅惑的だった。

もしかしたら、折り返し地点から先は下り坂じゃないのかもしれない。今からでもすべてを捨てて、どこか遠くへ旅立ちたい。ふと、そう思わせるほどに。

俺は、今どんな場所に立っているんだろう。


家に帰って食卓につくと、カレーの皿が並べられた。中を覗くと、ここでもなぜか豚肉で、ちょっとおかしくなる。豚づくしの一日だ。

いただきます、と声を揃えられるのは今は休日のみ。それも、もうすぐなくなっていくんだろう。

息子がカレーをかき込みながら、鼻息を荒くする。

「今日のカレー、超うまくね？」

その言葉に、妻が得意げに答える。

「圧力鍋で煮込んだのよ」

確かに、肉がとろけるように柔らかくて、深い味がする。歯を使わなくてもいいほろほろとした食感は、ついさっき食べたものとよく似ているような。

「これ、もしかして肩肉か」

そうたずねると、妻は驚いたように目を見開いた。

「あなた、いつからグルメな人になったの」

「いや。ちょっと——」

「当たりよ。おいしい？」

そう聞かれて、素直にうなずく。

「すごくうまいよ。柔らかくて、食べやすい」

娘の視線が、ちらりとこちらに向けられる。

「あーでも、塊肉も食いたいなあ」

トンカツとかないの？　そうたずねる息子に、娘は言い放った。

「この肉バカ。あんたのリクエスト聞いてたら、毎日おんなじメニューになるでしょ。そんなの、あり得ないから」

「でも肉って、うまいし」

「その発言がバカすぎるって言ってんの」

口喧嘩で、息子が娘に勝てた例はない。俺はちょっと可哀相になって、妻に「明日は塊肉の料理にしてやってくれ」と伝える。すると妻は、娘にわからないくらい小さく笑った。

「ねえ。このカレー、ホントはあの子のアイデアなのよ」

「どういうことだ？」

「昨日のこと、悪いと思ったんでしょ。柔らかいけど、年寄り向けっぽくないものを作ってって言われたのよ」

「――ああ」

そっとうなずくと、妻はスプーンの中身を見つめてつぶやく。

「知ってる？　豚の肩肉ってね、身体の中で一番運動量の多い場所なんですって」

「へえ」

「硬くて、筋が多くて、あなたみたいね」

「なんだ、それ」

「でも、煮込むとすごく柔らかくなって、手間をかける甲斐があるの」

「――なんだ、それ」

俺は、赤くなった頬を、辛さのせいにした。それにしても、汗が出る。

後日、部下の言葉にしたがって医者に行くと、あっさり病名が下された。

「四十肩ですね」

「はい？」

「まあ、自然に治りますよ」

湿布出しておきますから。そう言われて、俺はついに声を上げて笑った。四十代後半で、四十肩とは。遅すぎるくらいじゃないか。

歳を取ると、今まで知らなかったことが見えてくる。それはいいことばかりじゃないだろうが、案外楽しいような気もしてきた。その気になれば、いつだってリスタートできるようだし。

でも、俺はこのままでいく。それでいいと、信じている。

さて、仕事に行くか。

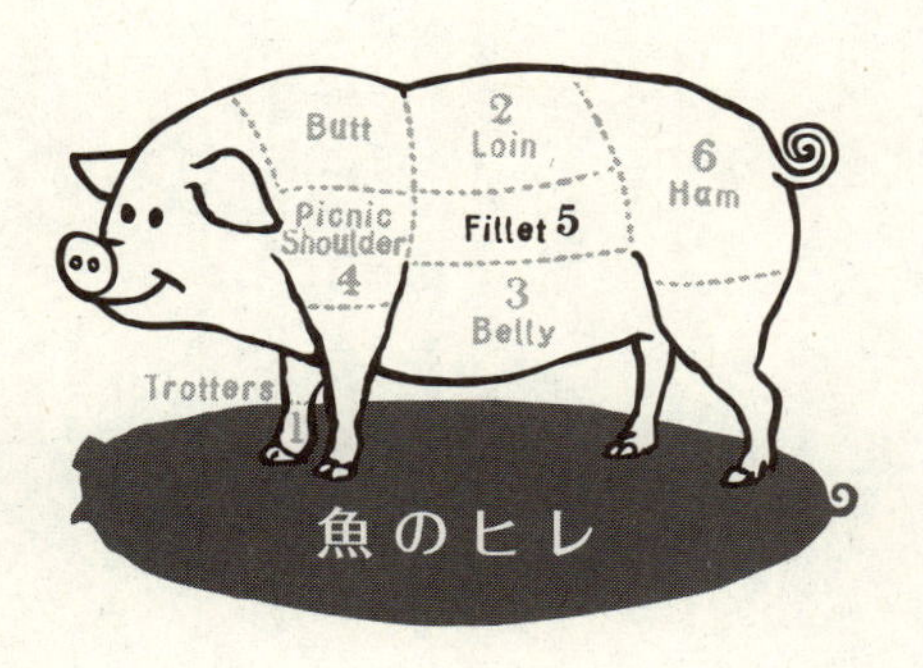
Butt
2
Loin
6
Ham
Picnic
Shoulder
Fillet 5
4
3
Belly
Trotters
1
魚のヒレ

やらせてほしいんです。

そう言うと、目の前の彼女は笑った。

「なにそれ面白い。じゃあもうちょっと、面白い話をして。そしたら考えてもいいよ」

面白い話、か。それってよく聞くけど、一番難しいんだよね。だってそうじゃん？　たとえば君が料理を作るとき、「なにかおいしいもの」ってリクエスト、困らない？　ふわっとしすぎてるんだよね。もうちょっとこう、的を絞った感じが欲しいっていうか。

「テーマが欲しいの？　じゃあ、家族の話で」

家族？　え？　なんで今ここで、家族？　下半身的には、もっとも萎えるテーマなんですけど。いやマジ、マジで。

「だって私、君のことあんまり知らないから」

「ああ、うん」

まあ、そうですよね。

だって俺たち、今日初めて口きいたわけだし。

＊

まあ、よくあるシチュエーションなわけよ。飲み会の帰りでさ。二次会はフツーだったけど、三次会はもう人数がかなり少なくて。でもって、そこでようやく隣になった。それで喋（しゃべ）ってたら、そのまま解散って言われて。

もうすぐ終電だし、朝までカラオケとか行っちゃう？ それともとりあえず的に二十四時間営業の店でお茶する？ それも嫌なら、ネカフェ行って個人行動？ 選択肢なんて、そんなもんだと思ってたよね。実際、先輩たちのほとんどがカラオケに流れたし。

どうしようかなって、ちょっと考えた。まあみんなでカラオケ行った方が、安上がりなのは間違いない。でも、お茶の人もいた。それでどっち行こうかなって、歩道で立ってた。

ウソです。どっち行こうかなんて、考えてなかった。

だって俺の隣には、なぜかあなたが立ってたから。

ていうかさ、いない予定だったよね。最初、不参加って現場で聞いて、がっかりしたのにさ。一次会の途中からふらっと来て、ちゃっかり飲んでた。

「あの。どうします？」

礼儀的なフリをして、聞いたよね。ジャストおうかがい。

「どうしよっかな」

答えてないよね。なんか俺じゃなくて、遠いとこ見てるし。

「君は」

「あー……、まあ、どれ行ってもいいです。でもちょっと腹減ってるんで、食べられるとこがいいっすね」

だって飲み会の大皿料理なんて、一人頭の分量、少ないから。ピザひと切れとパスタ小皿盛りとサラダで満腹とか、ねえし。

「お腹、減ってるんだ」

はい。だから、そう言ってるでしょ。でもあなたは、なんか遠くを見つめたまま、さらりとつぶやく。

「豚ヒレ肉のトマトソース煮込みピザ風、食べる？」

「はい？」

なんか呪文（じゅもん）を聞いたような気がする。ブタヒレニクノトマトソースニコミピザフウ？　なにそれ？　おいしいの？

「……食べないか」

「食べます」

反射的に、そう言っていた。料理が何かはわからなくても、ここはうなずくところだって、妖精さんが言ってる。

ウソです。直感。ていうか「逃すな」感。それだけ。

そしたら、あなたはようやく俺のことを見た。不思議なものを見るような、目だった。

「じゃ、行こうか」

すたすたと歩き出す。道でだらだら喋ってる面子に、ひと言の挨拶もなく。

「あの――」

なんか言わなくていいんですか。そうたずねようとしたところで、考え直した。誰もこっちを見てない。てことは、後から突っ込まれることもない。

なら、いいか。

てっきり、近くの店に行くんだと思ってた。そこの名物料理かなんかだと。

でも、あなたはごく普通にＰＡＳＭＯを出して、改札を通った。

「どこへ行くんですか？」

着くまでに、二十回ぐらい聞きたい場面があった。それでも、言わなかった。言ったら、魔法が解けて「じゃあ」って解散しそうだったから。

魔法とか妖精とか、俺どれだけ頭がお花畑？ でも、こういう時間とか瞬間のこと、他にどう言えばいいのか正直わかんないし。

電車の中では、横顔をこっそり見てた。あと、つり革につかまってる手。丈の短い袖(そで)から出た腕の裏側が、すごく白かった。

二駅目で乗り換えて、もう二駅。降りた駅は、繁華街ゼロ。もしかして隠れ家的な店ですか？ って言おうとしてまたも呑(の)み込む。ごくん。

あなたは、迷いなくすたすた。俺、おろおろ。心の中的にも、おろおろ。

で、着いた。それでも性懲りもなく、思ったね。ワンルームマンションの一室でこっそり営業する、知る人ぞ知る店？ みたいな。

でも、あなたはごく普通にバッグから鍵(かぎ)を取り出して、ごく普通に靴を脱ぐわけ。

「お邪魔しまーす」も「今日やってるよね？」もなく。

じゃあ、あれだ。料理の得意な人がいるんだ。彼氏か友達か家族か、とにかく料理が趣味で、誰かに食べさせたがってる人がいて、その人が言うわけよ。

「あー、今日の豚ヒレなんとかは超うまくできた！ でも作りすぎたから、誰か連れてきてよ。そうだな、後輩の男とか、よく食いそうな奴がいいよ」

そこでの、俺よ。俺様よ。

でも、なんか人の気配ナッシング。電気、今ここでつけてるし。

「適当に座って」

これ、聞いたことある。ドラマとかで、すんげよく聞く。

「あ、手を洗うなら左側のドアね」

「はい」

ですよね。外から帰ってきたら、まず手洗いにうがいっと。

じゃなくて！　じゃなくて！

でも洗うし。口もゆすいでみたりして。意味はないけど。

あ、タオル花柄。シャワーカーテンはグリーン系か。その向こうには、シャンプーとかあるのかな。どんなの使ってるのかな。

じゃなくて！　じゃなくて！

不審者になる前に、出たよね。そんで「適当に」座ったよね。細心の注意を払って、小さいテーブルの脇に。

「なに飲む？」

「えっと」

「紅茶、コーヒー、水、お茶。アルコールは、ワインしかないけど」

雰囲気的には、ワイン。でも初めて来て、いきなりワインとかってまずいんだろうか。

「私はワイン飲むけど」

「あ、じゃあ、同じでいいです」

ラッキー。は、いいとして。ワインの入ったコップを前に、固まる俺。だってこれ目の前のコップを見つめていたら、なんかいい匂いしてきた。

「かんぱーい」ってテンションでもないし。

「はい」

って目の前に、皿が置かれる。ああ、これがなんとかトマト煮か。上に溶けるチーズとピーマンが載ってるのが、ピザ風と。

すっげ、うまそう。

「――いただきます」

悩む前に、クエ。うまいんだってね、クエ。じいちゃんが言ってたよ。俺は食ったことないけどさ。じゃなくて、食え。

豚って言ってたっけ。煮込まれてるからか、すっげ、やわらかい。トマトの味もしみてるし、それにチーズのとろけ具合が、また絶妙。

「うまいっすね」

そう言うと、あなたは首をかしげた。

「そう？」

「はい。ホントに、うまいっす」

「そっか」

ならよかった。言いながら、初めて笑う。

可愛かった。年上なんだけど、なんかすっげ、可愛かった。ていうか、この笑顔を見ちゃったから、サークルに入ったわけなんだけど。

うんうん。そうそう。俺、最初からあなた目当てでした。

ヤリサーとかチャラサーじゃなくて、ごく普通のゆるいスポーツ系サークル。新歓シーズンに呼び止められて、そのままなんとなく入った。

あなたは、看板の前に立ってた。肩くらいで切りそろえた、薄い茶色の髪。ぱっつんの前髪はちょっと怖いけど、その下の目は可愛かった。

服は、なんか重ね着っぽいやつ。袖とか胸元にフリルがあって、んで下はミニスカみたいな短パン。あれ、詐欺だよね。がっかり詐欺。でもまあ、似合ってたからいいか。

「籍を置いてるだけの人も多いから、とりあえず入っとかない？」

「ああ、はい。入ります」

どこかに入ろうとは思っていた。だからうなずいた。

そしたら、あなたは笑った。「即答？　珍しいねー」って。

すっげ、可愛かった。

そんときさ、なんかが「ざあっ」てなったわけ。マンガで言うなら、桜の花びらが舞ってる感じ。天使が心臓にハートの矢を打ち込んだ感じ。あ、これは「ずきゅん」か。

とにかく、キた。それで、入った。

入ってみたら、あなたは二つ年上だってことがわかった。しかも、ものすごい幽霊部員。口癖は「行けたら行く」で、施設の使用時間が半分過ぎたところで登場することも多い。

いいかげんな人なのかなとも思ったが、別に見た目が好きなんだから、そこは置いといてもよかった。とにかく、来たらラッキー。来なけりゃ残念て感じ。

そんなラッキーが、じゃなくてあなたが、隣に座ってる。ワインの入ったコップを片手に、「おいしい？」なんて言いながら。

──俺、もうすぐ死ぬんじゃない？

だって部屋に上がって、手料理食べてんだよ。もう終電ないんだよ。一人暮らしなんだよ。他に人、いないんだよ。その上あなたの頰は、少しだけ赤いんだよ。

もう一度言う。俺、もうすぐ死ぬよね？

＊

死ぬならこれが最後の晩餐。そう思って、食べた。勢いよく食べたら「おかわりする？」って聞かれたから、力強くうなずいた。そんで二皿目も食べ切ったら「おかわりする？」って聞かれて、もうどうせ死ぬんだしと思って、限界まで食べた。

あなたは、そんな俺を見てた。最初はぼうっと。二皿目の最後くらいからは、じっと。そして最後の皿では、少し泣きそうな顔をしながら。

なんか、食べなきゃあかんぜよと思った。それが男ばい、と。

いや、俺は関東出身だけど。じいちゃんは関西出身。でもって母親の方の実家は北海道。それがなにか？

「ごちそうさまでした」

なんか、やりきった感があった。最後にワインをぐいっと飲むと、なんかゲームに出てくる武人系キャラの気分。骨つき肉食べてました、みたいな。

だから、つい言っちゃった。

「――で？」

で、この先の作戦、おぬしはどう考えているのだ？　俺の中の武人キャラ&龍馬（りょうま）は、そう言ってたわけよ。

「え？」

あなたは見事なきょとん顔。だよね。この流れ、おかしいし。

「で、で、」

デザートはないんですか。くらい言えればよかった。でも俺、こういうときうまく言えない。口先だけで生きてる奴を間近で見てるのに、なんも役に立たない。

「で、なんで――俺はここにいるんですか」

あああ、言っちまった。どストレート馬鹿。

するとあなたは、今それに気づいたみたいな顔をする。

「ああ」

ああ、じゃなくて。おかしいでしょ。無防備でしょ。同じ大学なのはわかってるにしても、話したのは今日が初めての男だよ？　そいつ前にして、なに考えてんの。

「おかわり」

「はい？」

それ、さっきの俺の台詞（せりふ）だよね？　ていうか、そもそもあなたは何も食べてないんだけど。そこも、気になってたんだけど。

「あの」

俺が混乱していると、あなたは少し考えるように小首をかしげる。

「——丁寧に、『お』をつけてみました」

なにそれ。『お』って。おかわりから、『お』をとったら、かわりじゃん。「ご飯、かわり！」って、おかしいよ。ご飯の代わりに、なにか食べるみたい——。

代わり？

っていうか、代打？　代役？　代理？

——誰の？

ま、言われなくても想像はつくよね。大げさに驚いてみただけ。

「嫌かな」

うーん、よくわかんない。友達以上で彼氏未満の存在だったら、嫌だとは思う。でも俺、友達ですらないし。

「別にいいですよ。腹、減ってたし。うまかったし」

正直、誰の代わりでもかまわない。その「誰か」がいなくてラッキー、なだけだ。

「なら、よかった」

目の前で、あなたが笑う。すっげ、可愛い。だから別に、なにがどうだってかまわないわけ。でもちょっとだけ気になるのは、「誰か」がまだ現在進行形なのかということ。

たとえば、たまたま今日いないとか。今朝、ケンカしたとか。

そこ、聞いとかないと、こっちとしても落ち着かない。

「彼氏、ですよね」

「うん。ふられた」

あっさり言われて、コケそうになる。だからつい、ストレートに言ってしまった。

「なんで」

「なんでだろうね」

武人、墓穴掘った。ふられた理由なんて、聞かれたってわかんないって。悲しくなるだけだって。

だから、もう一回、前のめってみる。

「なんで――これ、食っていかなかったんですかね……」

「別れ話したあと、食べて出てくのもヘンじゃない」

あなたはふいと、横を向く。

「でもこれ、相当うまいですよ。もったいない」

「……そう？」

「はい。じゃなきゃ全部、食べませんよ」

「ありがと」

横を向いたまま、つぶやく。さては意地っ張りだな。でもそれ、嫌いじゃないぞ。むしろ好き。

なにか、言わなくちゃと思った。別れた彼氏の話とかじゃなく、あなたを笑わせたり、気をまぎらせるような、そんな話を。でもすぐには思い浮かばない。天気の話とか、真夜中に無意味だし。

そこで唯一のとっかかりを、話題にしてみる。

「この料理、なんて名前でしたっけ」

「豚ヒレ肉のトマトソース煮込みピザ風」

「ホント、うまかったですよ。料理、得意なんですね」

とりあえずほめとけ。そうすればまた笑ってくれるはず。けれどあなたは、静かにうつむく。

「こういうのが、好きな人だったから」

「……ああ」

「大好物なのに、食べていかなかった」

地雷ちゅどーん。武人、はやく逃げてー。

なんか話題はないか。なんでもいいから、なんか。料理はダメだ。豚ヒレ肉もトマトソースも煮込みもピザも。――豚ヒレ？

「ヒレって言えば」

「え？」

「昔、魚と同じようなヒレが豚にもついてるんだと、思ってました」

「なにそれ」

すっげ、きょとん顔。しくったかな。

「大人に、からかわれたんですよ。『いいか、このヒレ肉って言うのは、魚のヒレが退化した部分なんだぞ』って」

「それ、いくつのときのハナシ」

「小学校の、五年か六年あたりですかね」

「信じやすいんだ」

いや、そうじゃない。相手が、ホラ話の達人だっただけ。

「だって、言うんですよ。尻の後ろ、背骨が終わるところを触ってみろ。尻尾みたいな感触があるだろ？　それは尾てい骨といって、昔人間に尻尾があったときの名残り、退化した部分なんだ」

　それと同じように、豚や牛にはヒレがある。いや、かつてヒレであったものが。

「ちなみに場所は、前脚の脇の下あたりなんだそうです。普段は見えないけど、仰向けにすると小さなヒダみたいなものが、そこに見えるって」

「それ、一瞬信じそう」

「でしょ」

　信じたし。ごく普通に信じ続けたし。「希少な部位だから、高いんだ」っていうのも、説得力あったし。

「でも俺だって、調べたんですよ。子供用の辞典とか見て。それで『ヒレ』は『フィレ』のなまったものだって知って、問いつめました。泳ぐヒレじゃないだろって」

「そうしたら、なんて？」

「スーパーに連れて行かれて、鮮魚コーナーで『さばフィレー』とか『鮭フィレー』とか見せられました。『見ろ。フィレは魚の用語だ』って」

「なんか、一周回って合ってるような……」

　そう。だから信じてしまった。つか、信じさせられてしまった。

「ほかにも、『爆発する火薬ご飯』とか『鶏肉入りかしわ餅（もち）』とか、どうでもいいウソを山ほど教え込まれてました」

おかげで俺のガキの頃のあだ名は、『宇宙人』。なんでも、日本語の解釈がおかしいという理由らしい。そんな状態でいじめにあわなかったのは、そのウソが同級生にウケていたからだと思う。

「宇宙人って！」

肩をふるわせて、小さく笑う。うん、可愛い。可愛いけど、ウソじゃなくて俺のあだ名で笑うってどうなんだ。ま、そこはいいか。

「――そういえば、ウソっていう鳥がいるんですよね」

「それもウソなんでしょ」

「いえ、実在します。ちなみに鳴き声は『バレたー』です。あ、こっちがウソです。ホントです」

「やだもう。ヘン。面白い」

ついにあなたは、声を上げて笑った。可愛い。やっぱりあなたは、笑ってた方が絶対可愛い。ずきゅーんとクる。ていうかそのニット、肩落ちすぎじゃないですか。そういうデザインですか。それとも狙ってですか。狙わない天然系ですか。それもいいですね。

「ああ、笑ったら喉渇いちゃった」

残ったワインをぐっと飲み干す。ああ、喉が、白い。

だからつい、言ってしまった。

「あの、俺と」

「え？」

「俺と――つきあってくれませんか」

ああ、これでもう後戻りはできない。なんてね。後戻りできるような関係があれば、そんなめそめそもありよ。でも俺、失うもの、ほぼないし。

「つきあうって、どこに？」

だからね、こんなはぐらかしにも対応できる。

「どこでも一緒にってことです」

「トイレやお風呂(ふろ)にも？」

「そう。つまり」

「つまり」

少しだけ、悩んだ。でも、悩んでぼかしたら真夜中にここにいる意味がない。

言った。言い切った。偉いぞ俺。すごいぞ俺。頑張れ俺。オーレ、俺。

「やりたいと」

ふーん、と小さくつぶやくあなた。これはどうなんだろう。アリ？　ナシ？

あなたは、また遠くを見るような表情。もしかして、そもそも届いてない？

「ありがと。気持ちは嬉しい」

「まあ、気持ちしかありませんが。よかったらもらってやって下さい」

「なにそれ。ていうか私、『なにそれ』って何回言ってるの？」

軽く、笑う。やっぱりやっぱり可愛い。

「合ってます。これ、『なにそれ』物件ですから」

「え？」

「突然だし。『なにそれ』って感じですよね。だから、当然だと思います」

「なんかやっぱり面白いね」

で？　と続きをうながされる。

「実は、見た目だけで、素敵で綺麗だと思いました。けど、あなたがどういう人かはわからない。そういう、好きなんです」

普通、あれだと思う。内面をほめたり、長くつきあって関係を育むとか、そういうのが、好まれるんだと思う。でも、そういうのがない。育む時間ゼロだったんだから、しょうがない。

「わからないで、つきあうの」

「わかるために、つきあうんです」

そういうときって「友達からお願いします」なんじゃないの。そう言って、あなたは正面から俺を見た。

「後輩だし。友達って感じじゃ、ないんで」

「正直だね」

はい、と俺はうなずく。

「正直だけが、取り柄なもんで」

「ウソでしょ」

「はい」

あはは、とあなたが声を上げて笑う。よかった。なんか一個、ハードル越えたっぽい。

「でも、これは本当です。好きです。つきあってください」

「——それだけ？」

「最終的には、やらせてください」

あなたはついに、ぷっと噴き出す。

「なにそれ面白い」

あ、また言っちゃった。自分で突っ込みを入れながら、あなたは俺のことをじっと見る。目が、こんなにきちんと合うのは初めてだ。

「――じゃあもうちょっと、面白い話をして。そしたら考えてもいいよ」

というわけで、一番最初に戻るわけね。

さあて、何を話せばいいんだろう。何を話したら、やらせてもらえるんだろう。

俺が考え込んでいると、あなたはさらに言う。

「テーマが欲しいの？　じゃあ、家族の話で」

家族、ねえ。小学校の作文じゃあるまいし、そのテーマはどうなんだ。

「だって私、君のことあんまり知らないから」

「ああ、うん」

納得しちゃった。だって自分で、「わかるために」とか言ってたわけだし。

さて、どうしよう。

＊

嘘つき、というよりほら吹きというのが合っている気がした。俺のじいちゃんの話だ。

父親が言うには、関西出身。でも本人に言わせると、四国出身。腕のいい漁師だったということだけど。

「まあな。ブリやカンパチは当たり前として、マグロにカジキにホッケにシシャモ。季節と潮に応じて、何でもとったぞ」

うん。明らかに黒潮物件じゃないやつも混じってるよね。でもガキの頃の俺は、素直に信じた。だってじいちゃんが（またもや）スーパーの棚を見せて、「ホッケもマグロも同じ時季に売られてるだろう？」って言ったから。

そうそう。冷凍とか、外国産とかってとこまでは、想像つかなかったわけ。それで後日、学校でまた笑われるわけよ。

「ひどいよ、じいちゃん」

この台詞、何回言っただろう？　カウントしたら、マイレージ貯まってビジネスクラスに乗れるんじゃないかな。でも、父親には負けるかもしれない。

「親父、またか」

ため息まじりのこの台詞、何千回聞いただろう？　でも、さらに負けるのがこれ。

「なにが」

じいちゃんのこの返し、何万回使われてるんだろう？

つかさ、ずるいよね。疑問返し。でもってこっちが必死に訴えると「それで？」ってなる。詳しく説明すると、一応真面目な顔で聞いてはくれる。でも、その真面目な「聞きます」が罠なんだ。

だって「あんたに騙（だま）されたおかげで、こんな損害が」なんて話、するのも嫌でしょ。自分が小さい人間ですって言ってるみたいだし、なんかどんどん空しくなってくる。しまいには、一方的に責め立てるこっちが悪者みたいな雰囲気出すし、なんかグダグダになる。それで最終的に「そうか」って言われて試合終了。

勝てたためしがないんだよ。うちの家族は、誰も。

兄弟は、いないよ。一人っ子。だから俺、じいちゃんにとってベストなカモだった。

母親？　んー、同居だったからね。気をつかってたんじゃないかな。あんま突っ込まなかったし、そもそもじいちゃんに絡まなかったね。

あ、でも今でもたまに言うね。「早起きはサーモンの得」って。

「なにそれ」

あ、また言った。

これはね、格言シリーズ。朝、早起きするとサーモンが河に返ってくるみたいに、いいことが戻ってくるって意味。

そうそう。害はないよね。しかも母親の場合、それが本当になったらしい。

「なに」

それ、って我慢したんだ。やっぱり意地っ張り感ある。でも、それがいい。

え？　いやあ、こっちの話です。

母親がさ、うちで飼ってた猫がいなくなったとき、毎日早起きして近所を捜してたんだよね。家族も捜したけど、一番可愛がってたの母親だから。そしたらさ、見つかったんだよ。

「捜してたら、見つかるのは当たり前じゃない?」

そう思うでしょ。でも、違うんだ。結果から言うと、うちの猫は近所の一人暮らしのおばあさんに保護されてた。というより、違う名前でちゃっかり飼われてた。そのおばあさんがさ、早朝の散歩をしてたわけよ。うちの猫、カートに乗せてさ。それで母親が声をかけたら、快く返してくれたんだけどさ。言ったわけよ。「わたし、この時間にしか散歩しないから、会えてよかったわ」って。

見事なカムバックサーモンっぷりでしょ。

それ以来、母親はじいちゃんに甘くなったわけ。

なんかさ、全体的にだけど、女の人ってほら吹きじいさんに甘い気がする。

実害のある嘘とかはつかないせいだとは思うけど、男だったら「馬鹿にしてんのか」って場面でも、笑って流してもらってることが多かったね。

「ラテンっぽいのかもね」

ああ、そうかも。実際、じいちゃんも女の人が大好きだし。

ちなみに「世界の手料理シリーズ」ってのもあるんだよ。

「俺がまだ船に乗ってた頃——」っていう枕詞ではじまるシリーズなんだけどね。外洋に漁に出たとき、ひどい嵐にあって、船ごとどこかの岸に流れ着いて、そこの女の人に助けてもらう。そしてそこで料理をごちそうになるんだけど、これが天国的にうまい。

「こんなの、はじめて」ってやつね。あ、違う違う。そっち系じゃないです。

「こんなうまいの、日本で食ったことない。はじめてだ」の略ね。

あるときは謎の動物の肉を、粉を練ったもので包んだ料理。

「のちに、あれはギョウザだったと知ったときの驚きたるや！」

うん。これはいい方。中華圏、近いし。でもこれがパエリヤのバージョンもあってさ。スペインまで流れるとかって、どんだけ無敵艦隊なんだと。

「世界の港に女の人がいそう」

おお、当たり。そっちバージョンは、父親が聞かされて育ったらしい。悩んだらしいよ。自分はどこの国の子かって。

さすがに孫には、子供向けのセーフモードかけてたんだろうね。だから手料理だったわけ。で、言うわけよ。

「マルゲリータの作ってくれたピザは、絶品だった」とかさ。

父親、そのたびに怒ってたね。まあ、一番の被害者だからしょうがないかも。じいちゃんを反面教師にしちゃったから、すっげマジメでガチガチなの。生きるのが大変そうだなって、よく思う。

＊

「真面目で、ガチガチな人かあ」

さっきまでけらけら笑ってたあなたが、ふいに視線を下に向ける。

「うん。確かに、生きづらそうだった……」

「あの」

それって、もしかしなくても、彼、だった人のこと、ですよね？

「なんかね、馬鹿みたいだよ。ぜんぶ言葉にして正直に伝えるべきだって、信じててさ。ほんの少し気持ちが離れたからって、それを私に言うの。『ごめん。少し気持ちが離れた』って。『好きになってしまいそうなひとがいる』って」

「言われてもさ、どうもできないよね。てかさ、言われたら逆に、悪い方向にしか転がらないよ。すがりつくのとか、悲しすぎるし」

なんも言えねえ。じゃなくて、そんなの、なんも言うなよ。責任転嫁じゃねえか。

「それ、マジメって言うんですかね」

「わかんない。自分に正直なのかも」

自分に正直なら、他人になに言ってもいいのかよ。ああ、むかつく。俺がうっとりしてるこの人に、なにしてくれてんだ。いや、フリーにしてくれたのはありがたいんだけど。でも、それでもむかつく。

「——本当に正直なら、大好物は食ってけってハナシですよ」

「そうだね」

「つか、ヒレ肉が好きってすごいですね。若い奴とは思えない」

せめてもの憎まれ口を叩くと、あなたは小さな声でぽつりと言う。

「……せいかーい」

そしてついに、あなたの目から涙がこぼれる。

「年上、だよ。すごく。仕事が忙しい人でね。予定もしょっちゅうドタキャンされてた」

ああ、だから途中参加が多かったのか。肩をふるわせて、あなたが泣く。どうしたらいい。どうすればいい。

話だ。話を続けろ。

「あの。あんまり泣くと、頭にシラミが湧きますよ」

「はあ?」

あなたが、顔を上げる。

「頭皮の水分まで使い切ると、シラミがつきやすくなるんだそうです」

ぽかんとした表情。

「今まで、かゆみを感じたことはないですか」

「ない、けど」

「じゃあ、いい虫がついてるんだ」

「は?」

「シラミをブロックする、いい虫がいるんでしょう」

怪訝(けげん)な表情のあなたに向かって、俺は重々しくうなずく。

「『あなたに片想い虫』って虫です。小さいけど、よく見るといるでしょう?」

「なあに、それ」

さっき泣いたカラスが、もう笑った。ナイスだカー。

「さすが、おじいちゃんの孫ね」

「いやいや」

「ほめてないから」

あ、そうですか。

「ただ、ヘタだけど、悪くはないかなって」

「じゃあ、そろそろやらせてもらえますか？」

「わあ、馬鹿正直」

あなたは、声を上げて笑う。

＊

三杯目のワインが注がれる。もう、瓶は空っぽだ。

「そんなじいちゃんですけど――この間、遺言を聞いたんです」

「え？」

「公民館の談話室で、呼吸困難を起こして」

うそ。とあなたが両手を口に当てる。

「そのとき、言ったんです」

「なんて？」

「――豚ヒレ肉のトマトソース煮込みピザ風をぞんざいに出してくれる女の子がいたら、絶対に逃すなって」

あなたは、ぽかんとした顔のあとに、口をへの字に曲げる。

「ちょっと。ついていい嘘と、悪い嘘があるんじゃない?」

「嘘じゃないです。ちょっとだけ、意訳しましたけど」

厳密に言うと、じいちゃんは「わかりにくい名前の料理を、適当に出す女の子と、つきあえ」と言ったんだ。

「よく、意味がわからないんだけど」

「まあ、じいちゃんの好みってだけです。ハンバーグとか肉じゃがとか、そういうポピュラーなのを得意げに出す女が苦手だったみたいで」

「なにそれ」

また言った。でももう、気づいてすらいない。

「しかも『あたしが作ったんだから、食べて!』って押しつけがましいのが、一番ダメだったと」

「出してもらっておいて、なにその言いぐさ——あ、ごめんなさい」

亡くなった方に、失礼なこと言っちゃって。あなたが謝るから、俺は慌てて両手をぶんぶん振る。違います。死んでません。

「は?」

「談話室で呼吸困難になったのは、馬鹿話をしすぎただけです。じいちゃんは、ぴんぴんしてます。それから遺言は、生きてるうちに言ったって遺言です」

あなたは呆然とした表情。そして、きゅっと唇を結んでから、その両端をゆっくりと持ち上げる。

そして言った。

「なあに、それ」

＊

ワインのあとに、緑茶が出される。そして冷蔵庫を覗き込みながら、俺にたずねる。

「ねえ、お味噌汁とか作ってあげようか？　それとも、肉じゃががいい？」

「あの、もしかしなくても、意地っ張りでしょう」

「だったらどうなの」

いいと思います。そうつぶやきながら、俺はふとカーテンの方に目を向ける。細い光が漏れている。まさか。

「ああ、朝になっちゃったね」

あなたの言葉に、俺は頭を抱える。

せっかく二人きりの真夜中だったのに。男と女だったのに。「適当に、座って」だったのに。「なあに、それ」だったのに！

あなたは冷蔵庫を閉めて、カーテンの方に歩み寄る。

「一晩、つきあってくれてありがと。でもやらせてあげられるほど、面白い話じゃなかったから、ごめんね」

「いえ、こちらこそ」

失礼なこと言いまくってすんません。俺がうつむくと、テーブルの上に光が射す。

あなたが、カーテンを、開けた。

「でもつまらないってほどでもないから、とりあえずつきあってみるのでどうかな」

光あれ。いや、もうあったのか。

「……早起きは、マジでサーモンの得ですね」

俺は思わずガッツポーズ。ガッツ石松、ありがとう。そんでそのあとに「エイドリアーン！」なポーズ。なんでこういうポーズって、ボクシング寄りなんだろう。

「ところで、魚のヒレの話だけど」

俺の正面に、再びあなたは腰をおろす。

「知ってた？　私たちにも、魚だったときの名残りがあるらしいよ」

「どこですか」

手、出して。あなたに言われるがままに、俺は手のひらを差し出す。するとあなたは俺の指を広げ、その間に自分の指をするりと差し込んだ。

「ここ。水かき」

背中に、何かが走った。それはあの「ざあっ」じゃなくて、「ぐわっ」って感じ。

マンガで言うなら——言えない。R指定だ。

朝日がさんさんと降りそそぐ中、俺の千夜一夜は続く。

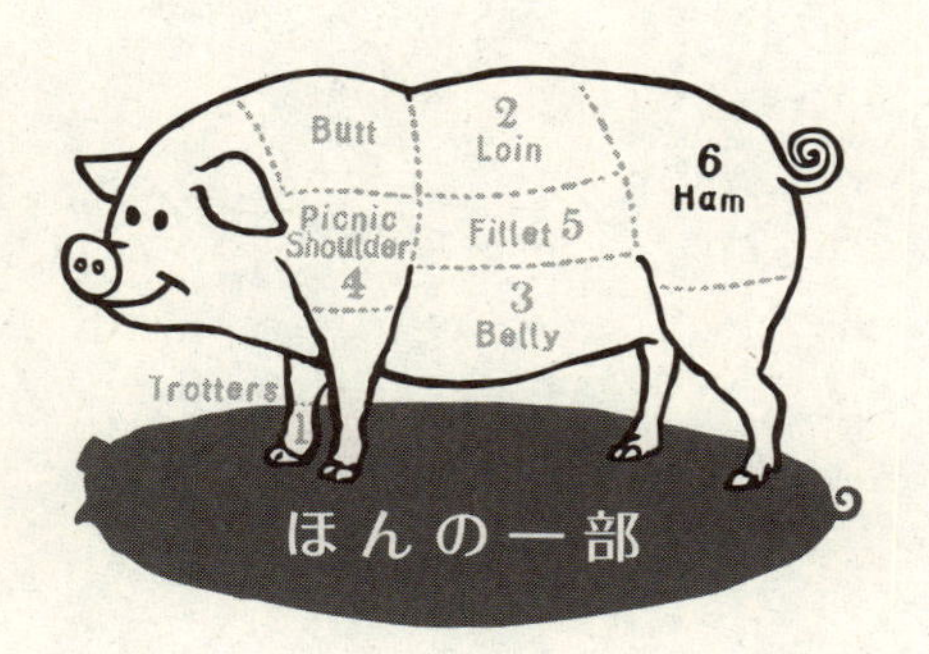
Butt
2
Loin
6
Ham
Picnic
Shoulder
4
Fillet 5
3
Belly
Trotters
1
ほんの一部

小さい頃、僕はすごくものを食べなかったらしい。

好き嫌いもすごかったけど、好きなものだってたくさん食べることはなかった。だからすごく心配したし、すごく苦労したんだとお母さんは言う。

「特にお肉。細かいひき肉でも、ずーっと呑み込まないで、口の中に持ってるの。泣きそうな顔して」

お肉は口から出す。魚も好きじゃない。牛乳は飲めない。卵はちょっとだけ食べるけど、二口まで。

野菜や果物も食べなかったけど、僕はとにかくタンパク質が足りなかったらしい。そこでお母さんは、お医者さんに相談した。するとお医者さんは、こう言った。

「アレルギーでない限り、いつかは食べますよ。食べるきっかけがゆっくりな子供も、いるんです」

それまでは好きなものを、好きなだけ食べさせても大丈夫。なんならおやつの回数を増やしてもいいと思います。

「それを聞いて、本当にほっとしたわ。あなた、甘いものは好きだったから」

ただ、やっぱりたくさんは食べない。だからお母さんは、色々なおやつをちょっとずつ用意したのだと言う。

「朝はフルーツにヨーグルト。お十時に小さいパンケーキ。お三時にはまたビスケットやケーキ。晩ご飯を食べなかったときには、アイスクリームでカロリーを補充したものよ」

そう言って、お母さんはちらりと僕を見る。

「それが今じゃ、ねえ」

「ハム」

そう言われて、僕は振り返る。

「なに」

「コンビニ、寄ってこうぜ」

「うん」

友達と一緒に店に入ると、まずは漫画雑誌のチェック。見本用に開けてある一冊を、みんなで覗き込む。気になる連載の行方を見届けたところで、次はそれぞれ夜食を選びにばらける。

　予算は大体、五百円。前は家からお弁当を持たされていたけど、今はもう六年生。夏だし、お弁当は傷むからって理由で自由に買うことが許されてる。

　おにぎりやパンに、スパゲティ。それに焼きそばやフランクフルト。友達が食べ物の前で悩む中、僕はまっすぐにサンドイッチのコーナーへと向かう。

「いいなあ、ハムは。迷わなくて」

「見てると、こっちが飽きそうなんだけど」

　ていうかそんなにうまいの？　そう聞かれて、僕はうなずく。

「うまいに決まってんじゃん」

　塾へ持って行く夜食。僕はいつもハムサンドを選ぶ。正直、ご飯より腹持ちは悪い。だから僕は、並んでいるサンドイッチをよくよく観察して、少しでも多くハムが挟まっているものを探す。

　ハムは、おいしい。

　だからいくら食べても、飽きない。

*

小さい頃のことはよく覚えていないけど、「その瞬間」のことはよく覚えてる。

確かあれは、遅いお昼ご飯みたいな時間。夏にはまだ早いけど、外がちょっと暑くて、僕はいつもよりもっと、ものを食べたい気分じゃなかった。

そんな僕の前に、お母さんはサンドイッチの載ったお皿を出してくれた。小さな正方形が並んだ、一口サイズのやつ。食べたくはなかったけど、僕はそれを取ってぼんやりと口に運んだ。甘い。イチゴジャムとバターが口の中に広がり、舌の上にべっとりとはりつく。

一口齧ったただけのそれをお皿に戻すと、お母さんが悲しそうな顔をした。そこで僕は、中身が違う色のサンドイッチを取ってみた。小さく齧る。

なにこれ。しょっぱい。

しょっぱくて酸っぱくて、口の中につばがじゅわっと出た。おいしい。僕はそのサンドイッチを、あっという間に食べ終えた。そしてもう一つと思って手を伸ばすと、お母さんが不思議そうな声を出す。

「それ、おいしいの？」

「おいしいよ。すっごく」

そう答えると、お母さんはふうん、とつぶやいた。

僕は二個目のサンドイッチを食べながら、その断面を見る。きれいなピンク。それがものすごく薄くスライスされて、何枚も挟まっていた。ハムみたいだけど、こんなのは見たことがない。

「これ、なにサンドっていうの」

「ハムサンドよ」

「へえ。こんなおいしいハムも、あるんだね」

そう言うと、お母さんはなぜかちょっと嫌そうな顔をした。そして、僕の前からお皿を下げようとする。

そんなことをされたのは、初めてだった。

「まだ食べるよ」

びっくりした僕は、お皿に手をかけた。こんなことをするのも、初めてだった。

「じゃあ、こっち」

そう言って差し出されたのは、イチゴジャムのサンドイッチ。僕はそれを見て、首を横に振る。

「そうじゃなくて、ハムの方」

「でも」

「もっと食べたい」

僕が本気で訴えると、お母さんはしぶしぶといった感じでハムのサンドイッチをくれた。

「でもこれ、生協のハムじゃないのよ」

マヨネーズも切らしてたから、市販のだし。野菜もなかったから、ハムだけだし。

お母さんは言いわけをするように、ぶつぶつとつぶやく。

僕はそれをふうんと聞き流しながら、新しいハムサンドにかぶりついた。

やっぱり、すごくおいしかった。

そしてそれ以来、僕はハムにハマった。いや、正しくは市販のハムにハマった。

ハムサンドにハムサラダ。ハムピラフに、ハム入りのオムレツ。チンジャオロースはピーマンとハムで、カツならハムカツ。

ハムを入れればなんでもおいしい。それに、ハムを混ぜてまずくなるものなんてないんじゃないかな。

「こういうのって、体によくないのよ」

保存料とか添加物とか、何が入ってるかわからないんだから。お母さんはそう言って顔をしかめるけど、おいしいんだからしょうがない。

「ねえ。食べ物があなたの体を作るのよ。だから子供は、できるだけいい素材のものを食べた方がいいの」

そんなの、十二歳にもなればわかってる。それにお母さんのこういう言葉は、もういいかげん聞き飽きてるんだ。

「せめて生協のハムと、お母さんの焼いたパンにしてくれない？」

「でも生協のハムはおいしくないし、お母さんのパンはもっとおいしくないんだよ」

これを言うと、お母さんはものすごく悲しそうな顔をする。だからあんまり言わないようにしてるんだけど、たまに出てしまう。ただ、わかってほしいのは、これは悪口じゃなくって、本当のことだってこと。

僕のお母さんは、料理が下手だ。でも子供に悪いものを食べさせたくなかったから、いい食材を取り寄せて、自分で一から料理した。それはちっとも悪いことじゃないし、いいお母さんだと思う。でも、がんばりすぎたんだ。

食材がいいなら、手をかけない。それか、いい食材を市販の調味料とかに助けてもらう。その、どっちか片方にすればよかったのにって思う。

だっていい食材っていうのは、たぶんそのままでもおいしい。僕は生協で届くハムは味がボケてて好きじゃないけど、キュウリやトマトなんかはおいしいと思う。なのにお母さんは、そこに手作りのマヨネーズ（どろどろしてて、味が薄い）をかけたり、手作りのカッテージチーズ（牛乳にお酢を入れたやつ。口に入れると、超きもい）を載せたりする。

それがまずさの原因だなんて、小さい頃にはわからなかった。でも、幼稚園の友達にもらったお菓子がものすごくおいしかったり、小学校の給食が激ウマだったことで、それがわかった。

それに、お父さんのこの言葉。

「俺は、塩だけでいいよ」

小さい頃は、大人っていうのは塩味が好きなんだって思ってた。でも、そうじゃない。お父さんは、余計な味つけをうまく避けてたんだ。

ていうかさ、麻婆豆腐のもとってさ、超うまいよね。スパゲティのソースとかさ、鍋のスープとかもすごいよ。

「贅沢な。手作りをしてもらってるありがたさが、わかってないの？」

うん、そういうの、聞き飽きてるから。「これだから今の子は」だし、「甘やかされた一人っ子」だよ。もう、好きに言えばいい。それでもって一度、お母さん手作りの料理を食べてみればいい。

黙るから。

なんかビミョーに、黙るから。

「あ、まずくない。まずくないじゃない！——あれ？」みたいな。

口から吐き出すほどまずくない。でも絶対おいしくはない。食材はいいけど、でもそれがなんていうか、ものすごーく残念な結果になってる。

だから僕は小食だった。理由は、ただそれだけだった。

ちなみに、肉や魚を食べなかったのは、とにかく硬かったから。「生焼けはよくない」って、お母さんが火を通しまくった結果、タンパク質が固まりまくったわけ。まあ牛乳だけは、ただの好き嫌いみたいだったけど。

結果、今の僕はそれなりに何でも食べる。でも第一位は、いつでもハム。そしてできる限り、ハムの入ったものを食べたい。

だからあだ名もハム。けどね、残念ながらデブじゃない。ただ、ハムが好きなだけ。

つまり僕の体は、かなりの部分、ハムでできてる。

*

ハムサンドの入ったビニール袋を下げて、塾の席につく。すると、一番前の真ん中の席に、女の子が座っていた。後ろ姿だけど、髪が赤っぽい茶色ですごく目立つ。この塾に派手なタイプの女子はこないから、珍しいな、と思った。

「あれさ、新しく入った子？」

前を指さしながら聞くと、友達がうなずく。

「昨日から来てるっぽい。でも、うちの学校じゃないよな」

「だよな。いたらチョー目立って、すぐわかる」

「ていうかさ、一番前ってだけで目立つ」

うんうん、と僕たちはうなずきあった。先生の真ん前なんて、そうそう座るもんじゃない。最後に来てしょうがなく、って場所だ。そこに一人で、時間前に座ってるなんて。

変わってるなあ、と思った。

「顔は？」

友達の一人がたずねる。すると「フツー」という答が返ってきた。服もTシャツにジーンズだし、髪の毛以外はそんなに変わってないのかも。

実際、授業の間もその子は「フツー」だった。むしろ「フツー」すぎて、休憩時間になるまでその存在を忘れてたくらい。

夜の塾では、休憩時間が夕ご飯の時間になる。

先生が教室を出ていくと同時に、あちこちで椅子をガタガタ動かす音が聞こえてくる。僕もいつもの友達と同じ机に椅子をくっつけて、ハムサンドと紙パックのミルクティーを広げた。

「今日はローソンかあ」

「お前のからあげクン、俺の卵焼きとトレードしてくれよ」

そんなことを話しながら、ぱくぱくと食べる。学校の昼休みと違って、こっちは三十分しか時間がない。だからみんな手は止めないし、あんまり凝った弁当を持ってくる奴もいない。つまり、毎回ハムサンドだけ食べてても不自然じゃない。だから僕は、夜の塾が好きだ。

とはいえ、女子はちょっと違う。お母さんが料理上手なのは別にして、妙にちまちま色んなものを持ってくる。そして不思議なのが、食後のお菓子交換だ。

「これ、デザートね」

そう言いながら、ファミリーパックのキットカットなんかを配り合う。ぜんぶ食べる時間はないのに、意味がわからない。ただ、あまったときはこっちにくれたりするから、文句を言ったら悪いかな。

そういえば、新入りの子はどうしてるんだろう。ふと前を見ると、赤っぽい茶髪はそのまま同じ位置にある。どうやら、一人で食べているらしい。

(同じ学校の子、いないのかな)

それとも私立とか？　ぼんやりそんなことを考えていると、その席に二人組の女子が近づいてきた。食後のお菓子を配りながら、何か話している。

こっちを向かないかな。なんてちょっと思った。

＊

それから一週間。赤っぽい髪の子のことが、段々わかってくる。

特にあの子が気になってるわけじゃないけど、他に話題がなかったんだから、しょうがない。僕らは学区の違う塾友だから、共通のネタが少ないのだ。

まず、あの子は帰国子女らしい。正しい国名はよくわからないけど、アジアじゃなくてヨーロッパらしいってハナシ。

「最近日本に帰ってきて、中学に入るまでの間、来るんだって」

友達の言葉に、僕は首を傾げる。

「じゃあ、今は小学校に行ってないってこと？」

「そうみたいだな」

女子とよく話す奴が、得意げにうなずく。

「外国って、九月が新学期らしいから、編入するのも半端だったんじゃね？」

「えっと。てことは、前の学期が六月くらいってことか」

今は八月の終わり。あの子は、五年生の三学期を終えて日本に来たことになる。

「あのさ、それよか日本語、喋れるんだ？」

「喋れなかったら、こんな塾より日本語教室に行ってるだろ」

そりゃそうだ。

「あ、そういえばあいつ、お前の仲間だぞ」

突然言われて、僕はきょとんとする。

「なんだよ」

「あいつさ、弁当がいっつもハムサンド」

爆笑されて、僕はちょっとむっとした。でもむっとしながら、興味もわいた。ハムを嫌いな奴はあんまりいないけど、僕みたいに毎日ハムって奴もあんまりいない。

あの子のハムサンドは、どんなのだろう。

休憩時間。トイレに行くフリをして、前を通ってみる。ちらり。まだ一人で食べてるらしい。

まず、顔が見えた。確かにフツー。外人っぽさは、ほとんどない。でもちょっと色が白くて、余計に髪の赤さが目立ってる。そして机の上を見ると、明るい色のハンカチが広げられていた。その上に、炭酸っぽいペットボトルの飲み物。それから――。

(フランスパン?)

茶色くてずんぐりとした形のパンが一個、どんと置いてある。それだけ。サラダもデザートもなし。ていうか、ラップにすら包んでない。

手抜きっぽいなあ。ぱっと見て、そう思った。だってパンの端に、レタスも何も見えていない。

(本当に、ハムサンド?)

よく見たいと思ったけど、立ち止まると気づかれてしまう。しょうがないので、そのまま前を通り過ぎて、壁際でくるりと振り返る。

ちょうど、手で持ったところだった。

ハムが見えるかな。そう考えて、ドアの脇で待ってみる。するとあの子は、いきなりパンを両手でぐいぐい潰(つぶ)しはじめた。

(な、なに!?)

その容赦のない動きに、僕は固まった。給食のときに食パンを小さく潰す奴はいるけど、女子でやる奴なんて見たことがない。しかもあいつは、ウケようとしてやってるわけじゃない。真顔でやってる。かといって、早食いのためってわけでもなさそうだ。

おかしい。

一番前の席のせいか、僕以外には誰も気づいていない。そんな中、あいつはぺたんこに潰れたパンを顔の高さに持ち上げて、あんぐりと口を開ける。

噛んだ。

固いパンなのかもしれない。犬歯で、ぶちっと噛みちぎったような動きがあった。

そして、断面から何かがべろりと垂れ下がる。

赤っぽい――肉？

明らかに、ハムじゃなかった。でも鶏とか豚の肉にも、見えない。牛肉か、それともまさか生肉だろうか。

(気持ち悪い)

ヘンなもの、見ちゃったな。

僕は廊下に出ると、気分が落ち着かないままトイレに向かった。

「あれ」

小便器の隣に、友達の一人がいる。

「おう」

友達はジーンズのジッパーを下げてるところで、なんとなくそのまま連れションになった。僕はハーフパンツを下げながら、ふと思う。ウエストがゴムのズボンって、なんかもう違うな。

「最近さ、朝、母親に超怒られんだよね」

「へえ、なんで」

「朝って、しっこしにくいじゃん。上向いててさ。で、座ってやると便器が汚れるんだよ」

じゃあ、立ってすればいいのに。僕の言葉に、友達はため息をつく。

「でも母親に、言われてるんだよ。立ってすると汚れるから、家では座ってしろって」

マジ、どうすりゃいいのかわかんないよ。友達の言葉に、僕はうなずく。うなずきながら、思った。

僕も明日から、ボタンのあるズボンを穿こう。

ジーンズは、膝を曲げるときにきしきしするのが好きじゃなかった。ゴムの入ったズボンの方が、トイレのときさっと下げられて、便利だと思ってた。

でも、なんかちょっと、最近は違う気がしてきてた。

「ねえ、今度買うのはゴムじゃないジーンズにしてよ」

「いきなりなに？」

お母さんに言うと、首を傾げられた。

「なんでもないよ。ただ、フツーのジーンズも欲しいだけだって」

「一本あるじゃない」

「そうじゃなくて！　毎日着たいんだよ」

うまく説明できないし、説明なんてしたくもない。

「いいけど、でもそういうジーンズって、一緒に買いに行かなきゃいけないわよ。それでもいいの？」

「わかってるよ！」

僕は不機嫌に言い捨てると、ぽかんとした顔のお母さんを置いて部屋を出た。

こういう言い方がよくないなんて、わかってる。でもなんだか、最近すごくお母さんを遠ざけたくなる。理由は、わからない。

＊

あいつは、今日もおかしなサンドイッチを食べている。それも一人で。

「――いじめられてんのかな」

僕がつぶやくと、友達が首を横に振った。

「女子は、一応誘ったんだってさ。でも、断ったらしい」

「なんで」

「一人の方が落ち着いて食べられるから、って」

変わってるよなあ。その言葉に、僕はうなずく。女子ってこういうとき、一緒に食べたがるもんじゃなかったのか。それに、落ち着いて食べるって？　あの手抜きサンドを？

（見られたら、恥ずかしいとか）

食べ方がおかしいし、挟んであるものもヘン。塾に通うくらいだから、貧乏ってわけじゃないだろう。だったら、もうちょっとマシな弁当を持ってくればいいのに。

休憩時間、またしてもパンは潰され、「ぶちん」と噛み切られている。そしてそこから垂れ下がる、赤っぽい肉。

「……あれ、ハムサンドじゃないだろ」

僕の言葉に、友達の一人が爆笑する。

「ハム、超気になってんじゃん」

「気になってねえよ！」

反射的に答えると、その友達は笑いながら立ち上がった。

「じゃあさ、俺が気になるから、聞きにいこうぜ」

「だから、別に僕は」

いいからいいから。腕を引っ張られて、あいつの前に連れて行かれる。

「こんばんはー」

なにその自然な感じ。さすが女子の知り合いが多いだけある。でもってそのせいなのか、あいつもフツーに「こんばんは」とか返してる。

「なあ、それってなにサンド？　毎日、同じなの？」

友達の質問に、あいつは一瞬きょとんとした。それからこっちに向けて、パンをぱかりと開いてみせる。

「ハムサンドだけど」

中に見えるのは、バターみたいな白っぽいペーストと、ぺらぺらに薄くて半透明の肉。それだけ。

「ハムじゃないじゃん」

僕のつぶやきに、あいつは首を傾げる。

「生ハム、知らないの？」

「生ハム？」

生の、ハム？　それって、加熱する前の肉ってことなんじゃないか。でもそんなもの食べて、大丈夫なんだろうか。寄生虫とか、サルモネラ菌とか、なんか色々ヤバそう。

「食べてみる?」

その言葉とともに、目の前にパンが差し出された。パン越しに、顔がある。あいつが、僕のことを見てる。

「おいしいよ。ハムサンド」

翳ってない方が、こちらに向いていた。

「いいよ」

目をそらそうとして、顔をそむけてしまった。するとあいつは、ちょっとがっかりしたような顔をする。

「ホントに、おいしいんだよ。だからわたし、お弁当はいつもこれなの」

「ふうん。そうなんだ」

友達はうなずきながら、俺は生ハム知ってるよ、と笑った。その言い方が、なんかムカついた。

生ハムが食べてみたい。そう言ったら、お母さんはまたびっくりした顔をする。

「珍しいわね。でも、あなたは好きじゃないと思うわよ」

「なんで」

「だって、生っぽくて、お肉っぽいっていうか——そうね、お酒のおつまみって感じ」

でも、ハムなんだろ。そう言うと、お母さんはうーんと考え込んだ。

「ハムって名前はついてるけど、あなたの好きなハムとは違うのよ。大人の食べ物、みたいな？」

なら、余計に食べてみたい。でもそれは、口に出したくない。僕が黙り込むと、お母さんが聞いてきた。

「ところで、なんで生ハムを知ったの？」

ぎくりとする。

「別に。塾でそういう話、聞いただけ」

嘘じゃない。でも、嘘をついている感じがする。それも、すごい嘘を。

「ふうん」

お母さんは、じっと僕のことを見た。見るなよ、と思った。

負けるもんか。僕は全力で、視線をそらす。

「——いいわ、近いうちに買っておくから」

お母さんは、ふっと息を吐きながら言った。

勝ったのか負けたのか、よくわからなかった。

生ハムは、真空パックに入ってぺったんこになっている。パッケージの裏には『そのまま食べるほか、サンドイッチ、パスタ、サラダ、ピザ、前菜のアクセントに』と書いてあった。

ぺったんこのビニールをべりべり剝がして、鼻を近づける。あんまり、すごい匂いはしない。ちょっと生肉？　みたいな感じ。端に白い脂身が、ちょびっと付いている。赤っぽいピンクの肉を持ち上げると、蛍光灯の明かりが透けて見えた。

小さい切れ端を、口に入れる。

「どう？」

正直、よくわからなかった。おいしいとかまずいとか以前に、すごくしょっぱかったから。そこでもう少し大きなやつを、口に入れた。すると、肉っぽい匂いがむわっと広がる。

（うえ）

匂いも気になるけど、それはまだ我慢できた。問題は、ねちゃっとした歯触り。噛んでも、なかなか噛み切れなくて気持ちが悪い。

「残りは、お父さんにあげてもいい？　好きなのよ、これ」

そう聞かれて、助かった、と思う。

でも顔は「ちぇっ」という風にしておく。

＊

休憩時間、今度はあいつのところに一人で行った。

「生ハムって、そんなうまくないじゃん」

そう言うと、あいつはむっとしたような顔をする。

「なに、それ」

「ただしょっぱいだけで、くさいし」

僕はジーンズのポケットに手を突っ込んだまま、いつものパンを見つめた。すると
あいつは、ふんと鼻を鳴らす。

「味覚がコドモなだけでしょ」

ものすごく、ムカついた。

「コドモじゃないし」

とっさに、パンを摑(つか)んで口に運ぶ。

「あ」

嚙み切ろうとして、その皮の固さに驚いた。弾力と、反発力？　力任せに引きちぎ

ると、ぶちっという音がした。

「ちょっと！　勝手に食べないでくれる？」

もぐもぐもぐ。固い皮を噛んでいる間、口がきけなかった。そして意外なことに、このパンはすごくおいしかった。

外側はよく焼けて、いい匂い。中はもっちりとして、塗られたバターが生地の甘さを引き立てる。これなら、毎日だって食べていられるな。

けれど、それでは終われない。奥から——肉が、出てきたのだ。

（うーわー……）

やっぱり、ねっちょりとした歯応え。でもしょっぱさはパンに挟まれているぶんだけ、和らいでいる。そして肉の匂いは——。

（あれ？）

なんだか、お漬け物みたいな匂い。癖はあるんだけど、くさいっていうより、なんだろう。なにか違う感じ。

（ん？）

噛んで、呑み込む。そしてふうっと息を吐く。すると、喉の奥から動物園の匂いがした。肉っていうより、ケモノっぽい。

（んん？）

そして最後に、バターのやわらかな香りがケモノを包み込む。するとケモノがくるりと、裏返る。

（ものすごくおいしい、肉だ）

パンと生ハムとバター。甘さとしょっぱさと、脂。その三つが、口の中で混ざり合って、混ざり合うほどにうまくなる。ずっと嚙んでいたいほど、おいしい。

「――おいしいでしょ」

黙って口を動かしていた僕に、あいつが言ってくる。

「――別に」

うまくなんかないし、と言おうとして僕はためらう。

「まあ――食えるんじゃね」

そう言うと、あいつはにこっと笑った。その拍子に、歯が見える。あの「ぶちっ」の犬歯だった。

学校の図書室で、百科事典を開く。家のタブレット端末で調べようかとも思ったけど、あっちだと何を調べたかお母さんにバレるかもしれない。

とりあえず、ハムのことを調べてみる。そしたら、色々なことがわかった。

「『ハムは、豚肉を保存用に塩漬けにしたもの。薫製、乾燥などで保存性を高め、加熱しないものもある』か――」

そういえば、牛肉のハムって聞かないな。鶏ハムは食べたことあるけど、あれは保存ができない感じだし。

『モモ肉で作るのが一般的で、骨入りと骨なしがある』

そうか。僕は豚のモモ肉が大好きだったわけか。つまり、僕の体の大部分は豚のモモ肉でできてるってことになる。今度お母さんに何か言われたら、こう言い返してやろう。「モモ肉食べてる人は、大勢いるだろ」って。「ハムだけを、悪者にすんな」って。

見開きのページを読んでいくと、ある一行で目がとまった。

『生ハムの主な生産国は、スペインとイタリア』

ふうん。僕は百科事典を、ぱたんと閉じる。

どっちから来たんだろう。

＊

その日の夜。塾の授業がちょっとだけ長引いた。講師の先生が病気で、代理の人を手配するのに遅れたらしい。

「なんか、もう腹減ったんだけど」

　ぶつぶつ文句を言う友達に、もう一人が言う。

「俺たちはまだいい方だよ。お受験クラスなんか、いつもこれより遅いんだから」

「マジで？」

「うん。友達の姉ちゃんなんか、帰りが危ないからって車で迎えに来てもらってるんだって」

「それ、逆にうらやましくね」

　だな、と笑いあう。ちなみに僕らは「学校の勉強＋α」を目的としたコースなので、時間も早いしクラスの雰囲気もゆるい。

「なんか食って帰りたいけど、金ないなあ」

　友達がしょんぼりとつぶやく中、僕は自分の財布の中に五百円玉があることを思い出した。

　ハムサンドと紙パック飲料の組み合わせは、工夫次第で四百円以内におさえることもできる。そこで僕は、ここのところ百円ずつためて、さらにハムサンドを食べようと計画していたのだ。

　でも時間は遅いし、帰り道はバラバラなので、一人でコンビニに寄ることにした。

　塾は駅前の明るい場所にあるけど、そこから帰る道は住宅街だ。八時台には開いている商店が閉まってしまうと、周囲が案外暗く感じられる。特に小さな公園の横は闇が濃くて、暑さの中に草木のむっとした匂いが漂っていた。

そのとき、どこからか声が聞こえてきた。

「はなして！」

声とともに、茂みがざわざわっと揺れ、そこから人間が転がるように出てきた。それも二人。

「え？」

立ち止まった僕の前で、大人の人影がぬっと立ち上がる。そして、転がったままの人に手をかけようとした。

「こないで！」

地面から声がして、はっとした。あいつだ。大人は、あいつに摑みかかろうとしている。

瞬間、ものすごい勢いで辺りを見回した。

誰もいない。開いてる窓も見えない。どうしよう。

そこで僕は、お母さんに持たされている携帯電話を取り出した。

「け、警察を呼ぶぞ！」

僕の声に、大人がぎくりと動きを止める。そしてゆっくりと、こっちを向いた。大きな男だった。

怖い。ものすごく怖い。

「――なんだ、ガキか。どっか行け」

殺すぞ。そう言われて、しっこが漏れそうなくらい怖かった。でも声をかけてしまった以上、どうしようもない。僕は指を、三番のボタンとリングのフックにかける。

「一番は家、二番はおばあちゃんち、三番は110番に登録してある！」

言いながら、ボタンを押した。すると通話を聞くより早く、男の手が動く。

携帯電話が、はたき落とされる。

そしてそれを、男の靴が踏みつぶそうとした瞬間、派手なブザーが辺りに鳴り響く。

『通報して下さい！　通報して下さい！』

キッズケータイに標準装備された、防犯ブザー。これは音声も入っているタイプなので、より音が派手だ。

その音に驚いて、男がためらった瞬間、僕はあいつに駆けよる。

「走るぞ！」

そう言うと、あいつは僕を見てこくりとうなずいた。そのまま立たせて走り出すと、男も動く気配がした。

追ってくる。ヤバい。超怖い。

涙が出そうだった。でも、走らなきゃ。

「このガキ‼」

びんと張った声が、背中を殴りつけてくる。怖い。怖い。助けて、誰か。

けれどそんな中、携帯電話は懸命に音を発している。

『通報して下さい！　通報して下さい！　通報して下さい！』

「クソがあ！」

男が、小さな機械を踏みつける音がした。けれどそれは案外丈夫で、本体が壊れたあともブザーは鳴り続ける。確か説明書には、そう書いてあった。はず。

だから、頼む。鳴り続けてくれ。

僕は、奥歯をぎゅっと噛み締める。噛み締めながら、必死で足を動かした。支えているあいつの腕が、汗でぬるぬる滑る。

「おーい、大丈夫か⁉」

ようやく、音を聞きつけた誰かが、道の向こうからやってきた。

「助けて下さい！　ヘンな奴に襲われました！」

僕が叫ぶと、男は「ちっ」という声を残して逃げていく。僕とあいつはその後ろ姿を見て、道路にへなへなと座り込んだ。

アスファルトは、じんわりと温かかった。

＊

助けてくれた人に最寄りのコンビニまで送ってもらって、僕らは家の人に迎えに来てもらうことになった。

電話をした後、あいつはまず自分の財布を開いて、ジュースを二本買った。

「ありがと。ホントに、助かった」

なんだ、しっかりした奴だな。僕は自分の方がビビりだったのかと思いながら、そのジュースを受け取る。でも。

その手が、震えていた。

「あんたに助けられなかったら、今頃――」

真っ青な顔色で、ぎゅっと唇を嚙む。

「と、とにかく、座ろうよ」

店の外に出て、明るいガラスの前の車止めに並んで腰を下ろした。ここなら店内から見えるし、怖いこともないだろう。

隣に座ったあいつを、あらためて見る。今日は、ぴたっとした感じのTシャツに、ジーンズのホットパンツを穿いていた。赤っぽい髪の毛と合わせると、大人っぽく見える。

（だから、狙われたのかな）

ぼんやりと、そんなことを考える。すると、太もものあたりに赤い線があることに気がついた。

「そこ、傷がある」

僕が言うと、あいつははっとしたようにそこを見る。

「茂みの枝で、切ったみたい」

「ハンカチ、濡らしてこようか」

僕が立ち上がろうとすると、いきなりぎゅっと手を摑んできた。

「やだ。行かないで。そばにいて」

どきり。なんだこれ。じゃなくて、非常事態だから。

「でも、そのままじゃ――」

「やだ。一人になるのは、いや」

まるで子供のように、あいつは「いやいや」をする。握られた手の間に、じわりと汗がにじんだ。

「わかった。行かないから、傷を見せて」

手をつないだまま、ゆっくりと一緒に立ち上がる。そしてそのまま身体をかがめて、傷をよく見た。

　大きな傷じゃない。痕（あと）が残るとか、そういうことは心配しなくてよさそうだ。ただ、血が一筋流れている。下まで届いたら、靴下やスニーカーを汚してしまいそうだ。

「やっぱり、拭（ふ）いた方が」

　何気なく鞄に手を伸ばそうとして、ぴんと腕が張った。

「はなしちゃ、いや」

　目が、合う。涙が浮かんでる。もう少しで、こぼれてしまいそうな感じ。

　すごく、きれいだと思った。

「でも――」

「いや」

　鞄の中には、ティッシュがある。でもそれを取り出すには、手を放さないといけない。しょうがないので、空いた方の手でジーンズのポケットを探ってみる。何も入ってない。

　手を、振りほどいてはいけない。なら反対の手で、ぬぐってしまおうか。でもそれだとばい菌が入ってしまいそうな気がする。色々考えている間に、血はゆっくりと下へ線を伸ばしている。

　そこで僕は、ひとつの案を思いついた。

「あのさ」

言いながら、視線を合わす。あいつは、大きな目で、僕を見ている。

どきどきする。信じられないくらい、どきどきする。

「舐めても、いいかな」

もしかしたら、ぶたれるかも。じゃなきゃ「きもっ」って手を放されるとか。でも
あいつは、信じられないことに、うなずいた。

「──はなさないでね」

「うん」

信じられない。なにやってるんだ。そう思いながら、僕はもう一度身体をかがめる。

目の前に、白い足。そこに突然浮かび上がったような赤い傷口。そこにそっと、口
を近づける。

やわらかい。

「いたっ」

小さな声に、僕はびくりと口を離す。

「大丈夫？」

嫌ならしないよ。そう告げると、あいつは首を横に振った。

「いやじゃない」

「わかった」

僕はさっきよりもそっと、できるだけ優しく、流れる血を舐めた。

鉄っぽくて、しょっぱくて、どこかなまぐさい。

それは口の中で、僕のつばとねっとり混じり合った。

この味を知っている。なんだか急に、そう思う。

(——生ハムか)

舌に触れる、産毛。ケモノっぽい感じまで、そっくりだ。

握られた手が、さっきより熱い気がする。そして僕が流れを舐め上げた瞬間、ぐっと手に力が入った。

一筋の血を舐め終えると、僕は身体を起こしてあいつの顔を見る。

怒っては、いなかった。ただ、高熱を出したみたいに赤い顔をしてた。僕はその熱に引っ張られるように、空いた方の手をあいつの顔に寄せる。

髪に触ってみたいな。そんなことを考えながら、頭を撫(な)でた。すると、それが合図だったかのように、あいつの目からどっと涙がこぼれる。

「え。その、ごめん」

慌ててぱっと手を放すと、ぐしゃりと顔を歪(ゆが)める。

「こ、わかった——!」

うわーん、と子供のように泣き声を上げる。

その間も、片手はつないだままだった。

*

それから両方の親が迎えに来て、僕はあいつの両親にものすごくお礼を言われた。別にたいしたことはしてないし、むしろ後ろめたい感じもあったから、なんかほめられても困った。

さらに次の週末、あいつの両親と一緒にあいつが、家にお礼の品を持ってきた。あいつはそのとき長いスカートを穿いていて、足は見えなかった。

お礼の品はスペイン産のハムやソーセージの詰め合わせで、その中に生ハムも入っていた。それを見たお母さんは、「あら」と小さな声を上げて僕の方を見た。けれど僕は、「なにか?」という表情のまま、全力で知らんぷりを決め込んだ。

ハムは、相変わらずうまい。ただ最近はちょっとだけ、もの足りないと思うこともある。でも夜食のメニューを、変更する気はない。

事件は、塾では名前を伏せられたまま注意事項として話された。遅くなったときは、一人で帰らないこと。公園のそばは、絶対に避けること。

そして僕も、あいつと仲が良いそぶりは見せないようにと言われた。女子は変質者に襲われかけたという噂が立つと、よくないからと。

「こえーな。変質者とか、ヤバすぎ」

友達の言葉にうなずきながら、僕は前の席を見る。七分丈のジーンズを穿いて、チェックの半袖（はんそで）シャツを着た赤っぽい髪の後ろ姿。塾をやめないで来てるけど、送り迎えがつくようになった。

そのとき、急にあいつが振り返る。

目が合う。

目を合わせたまま、あいつはジーンズの腿（もも）のあたりをそっと指でさすった。

じわり。

不意に、口の中にあの味がよみがえる。

僕の体のほんの一部は、あいつでできている。

あとがき

買い物に出かけて、肉屋さんに入りました。ショーケースを見ながら注文をして、包んでもらうのをぼんやりと待っているとき、壁に貼られた豚の部位図が目に入りました。そのとき「ああ、これが目次だったら面白いだろうな」と思ったのが、この連作を書くきっかけです。ちなみに「肉＝豚」なのは、私が関東者だからです。関西に住んでいたら、きっと牛で書いたと思います。鶏もいいな。

豚肉、おいしいですよね。私は極薄のしゃぶしゃぶ肉をポン酢とわけぎまみれにして食べるのが好きです。あ、でも洋食屋さんっぽいポークソテーも捨てがたい。厚みのあるやつを、ぎしぎし嚙みたい。それから忘れちゃならないのが、餃子や小龍包なんかのひき肉系。あのへんは何個でもいけてしまって、自分が恐い。私にとっては、カレー以上に飲みものな存在です。

ところで豚というのは、人間と組織が似ているそうなのです。だから医学的な実験にも多く使われるし、豚の臓器を人間に移植する研究も進んでいます。おいしい上に、なんてお役立ちな。豚、えらい。

でも、ふと思いました。臓器や組成が似てるって、もしかして私たち、同族食いをしているのでは？

最後に、左記の方々に感謝を。

連載の前半を担当してくれた伊知地香織さん。後半の森亜矢子さん。総合的な担当の金子亜規子さんは、おいしいお肉の情報を教えて下さいました。イメージ通りかつ、それを越えた可愛い装幀(そうてい)をして下さった石川絢士さん。営業や販売など、様々な形でこの本に関わってくれた方々。あまたの豚たち。そして最後に、このページを読んでくれているあなたに。

坂木　司

文庫版あとがき

親本では「肉屋の店先で部位図を見た」ということを書きました。なので文庫本では「なぜ男性だったのか」という話からはじめたいと思います。

最初に考えたのは、豚肉というテーマは面白いけど、それ一つでは範囲が広すぎてぼんやりしてしまうということ。そして「肉食女子」という単語の消費期限が切れかかっていたことがあります。私はとても天の邪鬼なので、ならばいっそ逆を行ってしまえと「男と肉」に決めました。それも「肉大好き！　元気！」ではなく「これどうしよう!?　どんより！」といった逆張りまでして。

近藤史恵さんが解説で見事に指摘されていたように、肉を食べたい欲求は「肉欲」です。食べてしまいたいほど可愛いという表現もあるし、相手を呑み込んで取り込んでしまいたいという気持ちを色々な形、色々な関係で味わっていただければ嬉しいなと思います。

食べ物をモチーフにした作品は多々ありますが（私も近藤さんの「ビストロ・パ・マル」のシリーズが大好きです！）、中でも不動の一位が伊丹十三監督の『タンポポ』です。食をめぐるエピソードが溢れんばかりに詰め込まれたこの映画で、私は食べることがプラスだけではなく、マイナスの側面も持つことを知りました。一人で食材を選ぶ哀しさ、通ぶる痛さ、それに食べさせあうというエロス。あんなに多彩な食材を華麗に料理することはできないけれど、自分なりのアプローチをしてみたい。ずっと、そう思っていたのです。

余談ですが、これを書くために『タンポポ』を調べていて、そこに日本最古のフランス菓子店『ルコント』の創業者である、アンドレ・ルコントが出演していたことを知りました。それも、笑ってしまうような役で。なんて贅沢(ぜいたく)な映画なんだろう、としみじみ思いました。あ、伊丹監督の食エッセイも素晴らしいので、未読の方にはおすすめしたいです。

最後に左記の方々に感謝申し上げます。

素晴らしい解説を書いていただいた近藤史恵さん。まずさの向こう側を見通していただけて嬉しかったです。装幀(そうてい)の石川絢士(いしかわけんじ)さんは、とても洒落(しゃれ)たデザインをして下さいました。編集の深沢亜季子さんは、細やかなサポートがありがたかったです。そして校閲や印刷、営業や販売など様々な形でこの本に関わって下さった方々。私の家族と友人。そして最後に、このページを読んでいてくれるあなたに。

あなたは誰と、どんな肉を食べますか？

解説

近藤史恵

肉というのは、食材の中でもどこか特別な気がする。

もちろん、好みはある。だが、多くの人に好まれるし、なによりごちそう感がある。みんなで食事をしていて、肉の塊がどーんとテーブルに出てくると、うれしそうな声があちこちから上がる。

わたしももちろん肉は好きだ。魚も好きだが、洋食の場合は「肉か魚か」を選ぶ場面になると、肉を選ぶことが多い。

でも、ときどき思うのだ。わたしたちはこんなに身近な肉のことについて、なにもわかっていない、と。

魚をさばいたことがある人は、それなりにいるだろうが、肉を解体したことのある人はほんのわずかだ。もちろんわたしも丸鶏を解体したことすらない。

先日、西安に行ったとき、鶏を丸ごと揚げた料理を食べた。小さい若鶏だったのだが、ここはもも肉、ここは胸肉と目で確認しながら、自分で切り分けて食べていき、ささみがあの形のまま骨から取れたときは、ちょっと感動すらした。

いや、丸鶏のローストチキンなら、まだ焼いたことがある人や食べたことがある人はいるだろう。

鶏を自分の家で絞めて、それを食べたことのある人って、どのくらいの割合だろう。たぶんものすごく少ないはずだ。

たとえば、SNSで「家庭菜園のトマトを収穫しました」と書いても、それを責める人などいないが、たとえばアイドルが「今日、鶏を絞めて食べました」と写真をアップしたら、それが鶏の死体そのものではなく、ちゃんと肉の形になっていたとしても、ネガティブなコメントが殺到するだろう。

わたしは狩猟に興味があり(自分ではやらない。山を歩く体力がないから)、ツイッターで狩猟をやっている人たちをフォローしているのだが、その人たちが自分の獲物について語ったとき、ひどくヒステリックなコメントが飛んでくるのを何度も見た。

そういうコメントをするのがベジタリアンの人なら、賛同はできないがまだ一貫性はある。普段は肉を食べている人たちまでもが、「残酷だ」と言うのだ。

中には、「スーパーに行けばいくらでも肉が売っているのに、自分で殺してまで肉を食べようとするのは残酷だ」と言う人もいた。

どうしてだろう。スーパーに並んでいる肉も、もともとは生きている命だったはずだ。家畜としての鶏や豚や牛を殺すのは残酷ではないのか。鹿や猪は増えすぎていて、駆除が必要だとしても、殺して食べるのは残酷なのだろうか。

議論は簡単にはできない。だが、ひとつ確実なことがある。

肉を前にして、人は冷静ではいられないのだ。

単行本の『肉小説集』の表紙を見たとき、「美味(おい)しそうな小説かな?」と思った。食いしん坊なので、美味しそうな料理がたくさん出てくる小説は大好きだ。(自分でもときどき書いています)
『和菓子のアン』シリーズはとても美味しそうだったし、大好きなシリーズだ。そう思って読み始めたが、予測は一話目の『武闘派の爪先』で大きく裏切られた。
ここに書かれている豚足は、全然美味しそうじゃない。わたしは豚足が好きだけど、「まあ嫌いな人から見たらこう見えるよね」としみじみ納得してしまうような描写だった。それだけではない。小説そのものも相当ヤバイ。生々しく、そしてバイオレンスだ。
坂木(さかき)さんの筆は、いつも通り柔らかく、ユーモアに満ちているので、するする読めてしまうが、豚足のあのぬるぬるしたような脂が、読後もいつまでもまとわりついてぬぐえない。

続いての『アメリカ人の王様』では、バイオレンス風味こそないが、やっぱり全然美味しそうじゃないし、なにより視点人物に全然共感できない。なのに、すごくそこが気持ちいい。

豚足もそうだったけれど、美味しそうじゃない描写の向こう側に、ちゃんと美味しそうな気配だってするのだ。

ああ、生きるってことはそうだよね、と思った。美味しいものだけを食べられるわけではなく、美味しくないものも食べる。わたしの中には、他の人から見たらまったく共感できないイヤなわたしだっている。でも多くのフィクションはそれを簡単に、共感できる人物と共感できない人物に切り分けてしまう。

『君の好きなバラ』の中学生男子の視点にも唸(うな)ってしまった。ああ、たぶん中学生男子から見た世界ってきっとこんなふうに見えるんだろう。なにもかもつまんなくてダサくて、うざったくて、それでもその中に、美しいものを見出(みいだ)し始めて、でもそれを認めたくなくて。わかるよ、おばさん、男子中学生になったことないけど、わかるよ、と、心でつぶやいた。

『肩の荷(+9)』には同世代としてしみじみ共感し、続く『魚のヒレ』のエロさにどきりとした。

『魚のヒレ』と『ほんの一部』はものすごくエロい。そのものズバリ、誰が見てもエロティックな場面というわけではないのに、ぞくっとする。たぶん、他者との関係が日常を越えてエロティックなものになる、その最初の瞬間を描いているのだ。ちょっと坂木さん、上手すぎませんか？　と言いたくなる。

そういえば、性欲のことを肉欲とも言う。それだけではなく、食べるという行為にもそこはかとなくエロティックな部分はある。美味は官能によくたとえられるけど、ある意味、美味しくないものを食べたり、嫌いなものを食べたりする行為にも、どこか性的なものは潜んでいるのかもしれない。

好きなもの、美味しいものは無意識におしゃべりしながら食べられるけど、嫌いなものを食べるときは、無意識ではいられない。舌や口の中に意識は集中する。集中しすぎて、考えないようにして無理に呑み込んだりする。

『肉小説集』の中に描かれている場面や感情は、美しいものや感動的なものではないし、主人公である男性は、みんないろんな意味でダメだけれど、坂木さんの手にかかると、それを心地よく呑み込まされてしまう。

呑み込んだダメな男たちは、わたしの一部になる。いや、もともとわたしの中にあったのかもしれないけれど、うまく呑み込まされてしまったあとでは、どうだかわからないのだ。

『肉小説集』の中には、美味しそうな料理も、全然美味しそうではない料理も出てくる。でも、「美味しい小説」であることは間違いない。

ぜひ、ご賞味あれ。

本書は、二〇一四年一〇月に小社より刊行された
単行本を文庫化したものです。

肉小説集

坂木 司

平成29年 9月25日　初版発行

発行者●郡司 聡

発行●株式会社KADOKAWA
〒102-8177　東京都千代田区富士見2-13-3
電話 0570-002-301（ナビダイヤル）

角川文庫 20525

印刷所●株式会社暁印刷　製本所●株式会社ビルディング・ブックセンター

表紙画●和田三造

ISBN978-4-04-105574-8　C0193

角川文庫発刊に際して

角川源義

第二次世界大戦の敗北は、軍事力の敗北であった以上に、私たちの若い文化力の敗退であった。私たちの文化が戦争に対して如何に無力であり、単なるあだ花に過ぎなかったかを、私たちは身を以て体験し痛感した。西洋近代文化の摂取にとって、明治以後八十年の歳月は決して短かすぎたとは言えない。にもかかわらず、近代文化の伝統を確立し、自由な批判と柔軟な良識に富む文化層として自らを形成することに私たちは失敗して来た。そしてこれは、各層への文化の普及滲透を任務とする出版人の責任でもあった。

一九四五年以来、私たちは再び振出しに戻り、第一歩から踏み出すことを余儀なくされた。これは大きな不幸ではあるが、反面、これまでの混沌・未熟・歪曲の中にあった我が国の文化に秩序と確たる基礎を齎らすためには絶好の機会でもある。角川書店は、このような祖国の文化的危機にあたり、微力をも顧みず再建の礎石たるべき抱負と決意とをもって出発したが、ここに創立以来の念願を果すべく角川文庫を発刊する。これまで刊行されたあらゆる全集叢書文庫類の長所と短所とを検討し、古今東西の不朽の典籍を、良心的編集のもとに、廉価に、そして書架にふさわしい美本として、多くのひとびとに提供しようとする。しかし私たちは徒らに百科全書的な知識のジレッタントを作ることを目的とせず、あくまで祖国の文化に秩序と再建への道を示し、この文庫を角川書店の栄ある事業として、今後永久に継続発展せしめ、学芸と教養との殿堂として大成せんことを期したい。多くの読書子の愛情ある忠言と支持とによって、この希望と抱負とを完遂せしめられんことを願う。

一九四九年五月三日

角川文庫ベストセラー

ドミノ　恩田　陸

一億の契約書を待つ生保会社のオフィス。下剤を盛られた子役の麻里花。推理力を競い合う大学生。別れを画策する青年実業家。昼下がりの東京駅、見知らぬ者同士がすれ違うその一瞬、運命のドミノが倒れてゆく！

ユージニア　恩田　陸

あの夏、白い百日紅の記憶。死の使いは、静かに街を滅ぼした。旧家で起きた、大量毒殺事件。未解決となったあの事件、真相はいったいどこにあったのだろうか。数々の証言で浮かび上がる、犯人の像は――。

チョコレートコスモス　恩田　陸

無名劇団に現れた一人の少女。天性の勘で役を演じる飛鳥の才能は周囲を圧倒する。いっぽう若き女優響子は、とある舞台への出演を切望していた。開催された奇妙なオーディション、二つの才能がぶつかりあう！

メガロマニア　恩田　陸

いない。誰もいない。ここにはもう誰もいない。みんなどこかへ行ってしまった――。眼前の古代遺跡に失われた物語を見る作家。メキシコ、ペルー、遺跡を辿りながら、物語を夢想する、小説家の遺跡紀行。

夢違　恩田　陸

「何かが教室に侵入してきた」。小学校で頻発する、集団白昼夢。夢が記録されデータ化される時代、「夢判断」を手がける浩章のもとに、夢の解析依頼が入る。子供たちの悪夢は現実化するのか？

角川文庫ベストセラー

雪月花黙示録　恩田 陸

私たちの住む悠久のミヤコを何者かが狙っている……！　謎×学園×ハイパーアクション。恩田陸の魅力全開、ゴシック・ジャパンで展開する『夢違』『夜のピクニック』以上の玉手箱!!

私の家では何も起こらない　恩田 陸

小さな丘の上に建つ二階建ての古い家。家に刻印された人々の記憶が奏でる不穏な物語の数々。キッチンで殺し合った姉妹、少女の傍らで自殺した殺人鬼の美少年……そして驚愕のラスト！

スノーフレーク　大崎 梢

亡くなってしまった大切な幼なじみの速人。だが6年後、高校卒業を控えた真乃は、彼とよく似た青年を見かける。本当は生きているのかもしれない。かすかな希望を胸に、速人の死に関する事件を調べ始めるが!?

9の扉　北村 薫、法月綸太郎、殊能将之、鳥飼否宇、麻耶雄嵩、竹本健治、貫井徳郎、歌野晶午、辻村深月

執筆者が次のお題とともに、バトンを渡す相手をリクエスト。9人の個性と想像力から生まれた、驚きの化学反応の結果とは!?　凄腕ミステリ作家たちがつなぐ心躍るリレー小説をご堪能あれ！

散りしかたみに　近藤史恵

歌舞伎座での公演中、芝居とは無関係の部分で必ず桜の花びらが散る。誰が、何のために、どうやってこの花びらを降らせているのか？　一枚の花びらから、梨園の中で隠されてきた哀しい事実が明らかになる——。

角川文庫ベストセラー

桜姫　近藤史恵

十五年前、大物歌舞伎役者の跡取り息子として将来を期待されていた少年・市村音也が幼くして死亡した。音也の妹の笙子は、自分が兄を殺したのではないかという誰にも言えない疑問を抱いて成長したが……。

ダークルーム　近藤史恵

立ちはだかる現実に絶望し、窮地に立たされた人間たちが取った異常な行動とは。日常に潜む狂気と、明かされる驚愕の真相。ベストセラー『サクリファイス』の著者が厳選して贈る、8つのミステリ集。

さいごの毛布　近藤史恵

年老いた犬を飼い主の代わりに看取る老犬ホームに勤めることになった智美。なにやら事情がありそうなオーナーと同僚、ホームの存続を脅かす事件の数々――。愛犬の終の棲家の平穏を守ることはできるのか？

金曜のバカ　越谷オサム

天然女子高生と気弱なストーカーが繰り返す、週に一度の奇天烈な逢瀬の行き着く先は――？（「金曜のバカ」）バカバカしいほど純粋なヤツらが繰り広げる妄想と葛藤！　ちょっと変でかわいい短編小説集。

かっぽん屋　重松清

汗臭い高校生のほろ苦い青春を描きながら、えもいわれぬエロスがさわやかに立ち上る表題作ほか、摩訶不思議な奇天烈世界作品群を加えた、著者初のオリジナル文庫！

角川文庫ベストセラー

角川文庫ベストセラー

みんなのうた　重松　清

夢やぶれて実家に戻ったレイコさんを待っていたのは、いつの間にかカラオケボックスの店長になっていた弟のタカツグで……。家族やふるさとの絆に、しぼんだ心が息を吹き返していく感動長編！

ファミレス　(上)(下)　重松　清

妻が隠し持っていた署名入りの離婚届を発見してしまった中学校教師の宮本陽平。料理を通じた友人である、一博と康文もそれぞれ家庭の事情があって……50歳前後のオヤジ3人を待っていた運命とは？

クローズド・ノート　雫井脩介

自室のクローゼットで見つけたノート。それが開かれたとき、私の日常は大きく変わりはじめる——。『犯人に告ぐ』の俊英が贈る、切なく温かい、運命的なラブ・ストーリー！

つばさものがたり　雫井脩介

パティシエールの小麦は、ケーキ屋を開くため故郷に戻ってきた。だが小麦の店を見て甥の叶夢は「はやらないよ」と断言する。叶夢の友達の「天使」がそう言っているらしいのだが……感涙必至の家族小説。

東京ピーターパン　小路幸也

平凡な営業マン・石井は、仕事の途中で事故を起こしてしまう。パニックになり、伝説のギタリストでホームレスのシンゴ、バンドマンのコジーも巻き込んで逃げた先は、引きこもりの高校生・聖矢の土蔵で……。

角川文庫ベストセラー